प्रतिनिधि कहानियाँ

रामदरश मिश्र

सम्पादक
ओम निश्चल

राजकमल पेपरबैक्स

राजकमल पेपरबैक्स में
पहला संस्करण : 2022
दूसरा संस्करण : 2025

राजकमल पेपरबैक्स : उत्कृष्ट साहित्य के जनसुलभ संस्करण

राजकमल प्रकाशन प्रा.लि.
1-बी, नेताजी सुभाष मार्ग, दरियागंज
नई दिल्ली-110 002
द्वारा प्रकाशित

शाखाएँ : अशोक राजपथ, साइंस कॉलेज के सामने, पटना-800 006
पहली मंजिल, दरबारी बिल्डिंग, महात्मा गांधी मार्ग, प्रयागराज-211 001
1, अनमोल सोराबजी सन्तुक लेन, धोबी तलाव, मरीन लाइंस, मुम्बई-400 002

वेबसाइट : www.rajkamalprakashan.com
ई-मेल : info@rajkamalprakashan.com

बी.के. ऑफसेट
नवीन शाहदरा, दिल्ली-110 032
द्वारा मुद्रित

मूल्य : ₹ 199

PRATINIDHI KAHANIYAN
Representative Stories of Ramdarash Mishra
Edited by Om Nishchal

ISBN : 978-93-94902-38-1

रामदरश मिश्र

रामदरश मिश्र का जन्म 15 अगस्त, 1924 को जिला गोरखपुर, उत्तर प्रदेश के डुमरी गाँव में हुआ। आपने एम.ए., पी-एच.डी. की डिग्री हासिल की। आप लम्बे समय तक अध्यापन से जुड़े रहे और दिल्ली विश्वविद्यालय से प्रोफेसर के रूप में सेवानिवृत्त हुए।

आपकी प्रकाशित रचनाएँ हैं—'पथ के गीत', 'बैरंग बेनाम चिट्ठियाँ', 'पक गई है धूप', 'कंधे पर सूरज', 'दिन एक नदी बन गया', 'जुलूस कहाँ जा रहा है', 'आग कुछ नहीं बोलती', 'बारिश में भीगते बच्चे', 'आम के पत्ते', 'कभी कभी इन दिनों', 'मैं तो यहाँ हूँ', 'रात सपने में', 'मैं तो यहाँ हूँ', 'समवेत' सहित दो दर्जन काव्य कृतियाँ; 'बाज़ार को निकले हैं लोग', 'हँसी ओठ पर आँखें नम हैं' सहित कई ग़ज़ल-संग्रह; 'पानी के प्राचीर', 'जल टूटता हुआ', 'सूखता हुआ तालाब', 'रात का सफर', 'अपने लोग', 'आकाश की छत', 'आदिम राग', 'बिना दरवाजे का मकान', 'दूसरा घर' सहित डेढ़ दर्जन उपन्यास; 'खाली घर', 'एक वह', 'बसंत का एक दिन', 'आज का दिन भी', 'एक कहानी लगातार', 'फिर कब आएँगे?', 'अकेला मकान', 'विदूषक', 'आखिरी चिट्ठी' सहित दो दर्जन कहानी-संग्रह; 'कितने बजे हैं', 'बबूल और कैक्टस', 'घर-परिवेश', 'नया चौराहा', 'लौट आया हूँ मेरे देश' (निबन्ध चयन); 'तना हुआ इंद्रधनुष', 'भोर का सपना', 'पड़ोस की खुशबू', 'घर से घर तक' (यात्रा-वृत्तांत); 'स्मृतियों के छंद', 'सर्जना ही बड़ा सत्य है' सहित कई संस्मरणात्मक कृतियाँ; सहचर है समय (आत्मकथा); 'आस-पास', 'बाहर-भीतर', 'विश्वास जिन्दा है', 'अपना कमरा' (डायरी); चौदह खंडों में रचनावली का प्रकाशन, आलोचना की ग्यारह पुस्तकें। कई चयन-संचयन।

आप 'भारत भारती', 'साहित्य अकादेमी', 'दयावती मोदी कवि शेखर पुरस्कार', 'शलाका सम्मान', 'व्यास सम्मान', 'सरस्वती सम्मान' सहित अनेक पुरस्कारों से सम्मानित हैं।

सम्पर्क : आर 38, वाणी विहार, उत्तम नगर, नई दिल्ली-110059

ख्यात रंगकर्मी, सिने अभिनेता और कहानियों,
नाटकों में अतिशय दिलचस्पी रखने वाले
हेमंत मिश्र की पुण्य स्मृति को
समर्पित

भूमिका

हिन्दी साहित्य का यह सौभाग्य है कि उसकी महफिल में रामदरश मिश्र जैसे वयोवृद्ध एवं श्रेष्ठ साहित्यकार मौजूद हैं जो न केवल अपनी सतत सर्जना के साथ रचना में सक्रिय हैं बल्कि सभा समारोहों में भी आते-जाते हैं। साहित्य के पैनोरमा में रामदरश मिश्र की उपस्थिति वरेण्य है। कितना आह्लादकारी है कि 1917 की बोल्शेविक क्रान्ति के सात साल बाद पैदा यह अनूठा कवि-कथाकार पिछली सदी की तमाम बड़ी घटनाओं का साक्षी रहा है और इस सदी के इन दो दशकों में भूमंडलोत्तर दुनिया के तमाम परिवर्तनों को देखा-जाना है। रामदरश मिश्र के लेखक व्यक्तित्व पर विचार करते हुए साहित्य के तमाम प्रतिमान हमारे सामने मुखर हो उठते हैं। उनका व्यक्तित्व, कवित्व, किस्सागोई, गजलगोई, गद्य-सामर्थ्य, संस्मरण, ललित निबन्ध, यात्रा वृत्तांत और उनके गीत—सब मिलकर एक ऐसे लेखक की छवि निर्मित करते हैं जिसके भीतर सदियों का संताप, आह्लाद, उत्सवता, रोज बनती दुनिया के अनुभव और साहित्यिक मूल्यों को स्थापित करने वाले प्रगतिशील तत्त्व विद्यमान हैं।

गोरखपुर उत्तर प्रदेश में 15 अगस्त, 1924 को जन्मे रामदरश मिश्र का कृतित्व लगभग सौ से ज्यादा कृतियों में विन्यस्त है। रामदरश मिश्र को देखकर लगता है, हम गांधी के देश के किसी बड़े लेखक से मिल रहे हैं जिसका खुद का जीवन गांधीवादी है, समाजवादी और प्रगतिशील मूल्यों का हामी है। सरलता उनके व्यक्तित्व की कुंजी है। उनकी खिली-खुली मुस्कराहट उनके भीतर के जीवन्त रचनाकार का पर्याय सी लगती है। उन्हें देखकर लगता है कि लेखक को कैसा होना चाहिए। यह प्रशंसाओं

के अतिरेक और स्फीति का युग है। जो चाहे कह दो। पर आज भी कुछ लेखक कवि ऐसे हैं जिनमें एक तीर्थतुल्य आकर्षण है। रामदरश जी ऐसे ही लेखकों में आते हैं। रचनात्मक सक्रियता इस उम्र में भी इतनी कि अभी तीन-चार साल में ही पत्नी पर एक उपन्यास, बेटे हेमंत पर एक उपन्यास, दो-दो कविता-संग्रह, एक गजल-संग्रह, कुछ संस्मरणात्मक कृतियाँ व निबन्ध—और जब जाएँ सिरहाने रखा *राइटिंग पैड* देखें तो गजलें लिखी जाती हुई मिलेंगी। कोई कविता मिलेगी। कोई संस्मरण धारावाहिक चल रहा होगा। कोई कहानी करघे पर बुनी जा रही होगी। यह है उनकी सक्रियता।

रामदरश मिश्र की रचनात्मक दुनिया में सैकड़ों कहानियाँ व दर्जनों उपन्यास शामिल हैं। 1950 के आसपास कहानियों में आए रामदरश मिश्र ने किस्सागोई की वही लीक अपनाई जो प्रेमचन्द ने बनाई, शिवप्रसाद सिंह, रेणु व विवेकी राय जैसे कथाकारों ने बनाई। उनके लिए कहानी का अर्थ, नई कहानी और कहानी के अन्य आन्दोलन नहीं, वह पठनीयता थी, जिसके बिना कहानी प्रयोग का एक टूल तो बन सकती है पर मानवीय संवेदना को कहीं छूती नहीं। जिस तरह साठोत्तर कविता को 'अकविता' जैसे अराजक आन्दोलन कविता की पठनीयता से दूर ले गए उसी तरह नई कहानी या समान्तर कहानी आदि आन्दोलनों के कथाकार कहानी में एक खास तरह का प्रायोजित संसार रचने पर आमादा रहे। लिहाजा जड़ीभूत मूल्यों को कहानी में नए ढंग से परोसने की कवायद हुई। रामदरश जी किसी वैचारिकता के प्रभाव में आए बिना समाज के सुख-दु:ख से वाबस्ता कहानियाँ रचते रहे। 'एक रात', 'और बेला मर गई', 'पड़ोसन', 'मृत्यु', 'कहाँ जाओगे', 'मुक्ति', 'एक औरत एक जिन्दगी', 'प्रतीक्षा', 'आखिरी चिट्ठी', 'अकेला मकान', 'डर', 'वह औरत', 'धंधा', 'खोया हुआ दिन', 'नौकरी', 'रोटी', 'हद से हद', 'सर्पदंश', 'इज्जत', 'फिर कब आएँगे' जैसी उनकी तमाम कहानियाँ हैं जिनमें भिन्न-भिन्न विषयवस्तु पर घर, गाँव, समाज, परिवार, रिश्तों, दहेज उत्पीड़न, ऊँच-नीच, ईर्ष्या द्वेष, स्त्री होने की नियति और अनमेल विवाह आदि विसंगतियों को उन्होंने वाणी दी है।

रामदरश मिश्र की कहानियों का संसार विपुल है। गाँव से उनका नाता सघन है इसलिए प्राय: उनकी कहानियाँ भी गाँव के यथार्थ से जुड़ी हैं। वे स्त्री की व्यथा उकेरते हैं तो लगता है स्त्री मन के अद्‌भुत चितेरे हों, गाँव के चरित्रों को तो अपनी कहानियों में जस का तस उद्‌घाटित कर देते हैं जिसमें हर पात्र की जटिलता, कुटिलता, निर्ममता और सहजता व्यक्त हो उठती है। 'सीमा' कहानी की विकलांग लड़की सीमा पड़ोस की हिकारत भरी दृष्टि सहती है तो दुर्भिक्ष वेला में माँ के क्रियाकर्म के बाद लौटते हुए चाची में माँ की दुर्लभ छवि निहारकर लेखक तोष से भर उठता है।

'एक औरत : एक जिन्दगी' की भवानी हो या 'हद से हद तक' की ठुकराई औरत, दोनों का दुख एक-सा है। 'वसंत का एक दिन' की फुलवा और जयराम का प्रेम किस तरह जातीय घृणा में जमींदोज होता है, किस तरह फुआ की जिन्दगी से हँसी छिन जाती है, किस तरह प्रभा की आखिरी चिट्‌ठी रुला देती है—अपने दर्द को कविताओं और चित्रों में उकेरती हुई वह किस तरह इस दुनिया से विदा होती है वह जैसे एक करुण क्रन्दन छोड़ जाती है कहानी में। एक कथाकार के रूप में रामदरश मिश्र का मन करुणा और सहानुभूति से भीगा हुआ लगता है। उनकी कहानियाँ प्रेमचन्द के बाद के गाँव समाज का आईना हैं। वे निचले तबके के लोगों के उजले चरित्रों और ऊँचे तबके के लोगों के निम्नतर चरित्र के ढके-मुदे पतन की गाथा भी कहती हैं। वे यह जतलाती हैं कि आधुनिकता और भूमंडलीकरण ने भले ही बहुत कुछ बदला है, पर अभी मनुष्य का चरित्र नहीं बदला। ऊँच-नीच की खाइयाँ समाप्त नहीं हुई हैं। ये कहानियाँ बार-बार पढ़ी जाती हुई भी हर बार अपने कथ्य में नई लगती हैं।

रामदरश मिश्र के कहानी लेखन की शुरुआत यों तो साठ के पूर्व ही हो चुकी थी किन्तु इस दुनिया में उनकी व्यवस्थित पैठ '60 के बाद बननी शुरू हुई। हमारे यहाँ कहानी में प्रेमचन्द एक विभाजक रेखा के रूप में सामने आते हैं। अपनी पठनीयता और बहुवस्तुस्पर्शी किस्सागोई के जरिये पठनीयता का जो स्तर उन्होंने प्राप्त किया वह बहुत कम कथाकारों को हासिल हो सका। रामदरश मिश्र का कथा क्षेत्र बहुधा ग्रामीण अन्तर्वस्तु से जुड़ा है तथापि प्रेमचन्द की ही तरह कहानी में पच्चीकारी की जगह

पठनीयता और सहजता को उन्होंने अपना मानक बनाया। ग्रामीण परिवेश की उस दौर की कहानियों में जो नाम अग्रणी हस्ताक्षर की तरह थे उनमें प्रेमचन्द की परम्परा में ही रेणु, मार्कण्डेय, शिवप्रसाद सिंह और अमरकांत जैसे कथाकार आते हैं।

कवियों की तरह ही कथाकारों के अपने सरोकार होते हैं। हम कहानी में ग्रामीण और शहरी कहानी का जिक्र पाते हैं। अनेक आन्दोलन कहानी के गुजरे, कहानी, नई कहानी, समान्तर कहानी, सचेतन कहानी आदि। किन्तु कहानी वहीं रही, या तो अपने शिल्प और भाषायी चाकचिक्य में रची या गँवई और कस्बाई यथार्थ के बोध से भरी। हालाँकि शिल्प और भाषायी चाकचिक्य वाली कहानियों के किरदारों और अन्तर्वस्तु में भी मनुष्य का एक ऐसा चित्त धड़कता है जो बाहरी अलंग के कथाकारों द्वारा पकड़ पाना सम्भव नहीं है। किन्तु जहाँ बात रामदरश जी की कहानियों की है, यह कहना अत्युक्ति नहीं कि वे गाँव में पले-बढ़े, उसकी स्मृतियों के साथ चलते रहे पर शहर और महानगर में भी रिहाइश होने के कारण नगरीय यथार्थ से भी जुड़े रहे। अत: रामदरश जी के यहाँ गाँव की कहानियाँ भी हैं और शहरी प्रसंगों की भी। पर हर स्थिति में उनका कथाकार गरीबों, मजलूमों, बूढ़ों, स्त्रियों, दलित पात्रों के साथ खड़ा मिलता है।

यों तो उन्होंने अपने जीवनकाल में अनेक कहानियाँ लिखी हैं—समाज के जीवन यथार्थ से रूबरू कराने वाली। पर कुछ कहानियों पर बातचीत से उनकी कहानियों का केन्द्रीय वैशिष्ट्य उजागर हो उठता है। पहले गाँव के जीवन यथार्थ को लेते हैं। 'एक औरत एक जिन्दगी' कहानी नरेश की बहू पर केन्द्रित है। एक गुंडा और असभ्य परिवार की बहू है वह। जब तक परिवार की गुंडागर्दी चली, लोगों को जीने न दिया। पर अचानक उसके बेटे और ससुर की मृत्यु के बाद वह विधवा अपने बच्चों के साथ कर्मठता के साथ अपनी खेती-बारी सँभाल लेती है। गाँव गए बाबा यह देखकर आश्वस्त होते हैं। गाँव वालों की फब्तियाँ एक तरफ, स्त्री की अपनी जिद एक तरफ। कथाकार स्त्री के पक्ष में जैसे खड़ा हुआ उसका समर्थन करता हो। स्त्री के पक्ष में वे अपने कई उपन्यासों और कहानियों में खड़े होते हैं। 'एक थकी हुई सुबह' की स्त्री भी कर्मठता की

मिसाल बनती है तो 'डर', 'अकेली वह', 'अपने लिए', 'वह औरत' और 'धंधा' आदि कहानियों में भी स्त्री पुरुष व्यवस्था से जूझती दिखाई देती है।

'जमीन', 'दक्षिणा' और 'सर्पदंश' ग्रामीण यथार्थ की कहानियाँ हैं। 'दक्षिणा' पंडितों और महापात्रों के फैलाए कर्मकांड और अन्धविश्वास से लड़ने वाली कहानी है। पंडित और महापात्र इस बात पर अड़े हैं कि मृतक की आत्मा के मोक्ष के लिए जजमान गाय दान कर दे पर जजमान माधो के जीवनयापन का सहारा एकमात्र गाय ही है जिस पर महापात्र की निगाह है। वह अन्त तक गाय नहीं देता और साहस के साथ महापात्र को चलता कर देता है। कथाकार ने यहाँ न केवल अन्धविश्वास, कर्मकांड, पुरोहिती प्रलोभन को नकारा है बल्कि माधो जैसे पात्र में यह दुस्साहस भी भरा है कि वह अपने से बड़ों का भी गलत और अस्वीकार्य मुद्दे पर दृढ़ता से विरोध कर सके। इस कहानी का एक जीवन्त संवाद देखें—"रहने दो पंडित, अपना पूजा-पाठ। मेरे बाबू अपने बेटे और पोते के मुँह से दूध छीनकर खुद नहीं पीना चाहेंगे। जाओ, पंडित जी अपने घर जाओ, मेरे बाबू की आत्मा को भटकने दो। और सुनो, आत्मा भटकती है पापियों की, मेरे बाबू पापी नहीं थे।" 'जमीन' समाज में गढ़े गए झूठे नारों का पर्दाफाश करने वाली कहानी है। विद्यार्थी मोहन को बचपन की वे बातें याद आती हैं जो समाजवाद की अगवानी में कही जाती थीं कि यह जमीन सबकी है। पानी सबका है। ईश्वर ने सबको एक-सा बनाया है। पर होता समाज में हमेशा इस नारे के उलट है। जरा-सी भूख मिटाने के लिए कोई बच्चा किसी के खेत की छीमी तोड़ भर ले कि उसे खेत का मालिक पीटने लगता है। वह आकर अपने पिता से बातें बताता है कि आज मंत्री जी स्कूल में आए थे यही बात कह रहे थे कि जमीन सबकी है...। बाप जानता है इन झूठे आश्वासनों को। कहता है, "बचवा छोड़ इन बातों को, ये बातें तो मैं तब से सुन रहा हूँ जब मैं सुराजी था और झंडा लेकर गाँव-गाँव घूमा करता था। इन मंत्री के साथ मैंने भी जेल काटी है बचवा। वे मंत्री हो गए हैं और मैं...।" 'सर्पदंश' भी गाँव के माहौल की कहानी है। गाँव के गोकुल को खेत में एक दिन एक साँप काट लेता है। वह शायद भादों की अँधेरी रात में पड़ोस के पंडित के खेत से भुट्टे तोड़ने के लिए गया

हुआ था कि साँप के काटने से बेहोश सा हो गया। उसे डॉक्टर के पास न ले जाकर भवानी बाबा झाड़-फूँककर उन्हें ठीक करते हैं। हालाँकि कुछ ठीक होते ही प्रधान का लड़का उन्हें घर बुला ले जाता है जहाँ उस पर भुट्टे की चोरी का आरोप लगाकर लांछित किया जाता है तथा पिटाई से वह दम तोड़ देता है। एक दारुण अन्त के साथ कहानी खत्म होती है पर है यह 'बुभुक्षित: किं न करोति पापम्' की कहानी है। भूखे आदमी की कहीं भी सुनवाई नहीं है।

'एक वह' कहानी का ताऊ जो बात-बात पर रामचरितमानस की चौपाइयाँ दुहराता है, परिवार से परित्यक्त है और शहर के किसी कोने में चने-मुरमुरे की जरा-जीर्ण दुकान खोलकर पेट पालता है कि एक दिन बुखार से मरा हुआ पाया जाता है। उसके आसपास गरीबी हटाओ के पोस्टर चिपके उसका मुँह चिढ़ा रहे होते हैं। रामदरश मिश्र ने इस बूढ़े का ऐसा शब्दचित्र खींचा है कि इस देश में चलाए गए गरीबी हटाओ के पोस्टर के खोखलेपन की पोल खुल जाती है। 'नेताजी की चादर' शिक्षा संस्थानों के अतिथिगृहों की बदहाली की कहानी है और नेताओं के पतन की भी। 'सड़क' कहानी भी दिलचस्प कहानी है। एक अध्यापक का एक छात्र आगे चलकर विधायक बन जाता है और मास्टर के बुरे दिन आ जाते हैं। फिर बेटे के कहने पर जीविका के लिए विवश होकर मास्टर जी रोड पर चाय की दुकान लगा लेते हैं कि एक दिन उधर से गुजरते विधायक जी आ धमकते हैं और चाय ऑर्डर करते हैं। लेकिन घटिया चाय पाकर उसे बिना पिये लेकिन पैसा देकर चलते बनते हैं किन्तु खुद्दार पंडित जी वह रुपया फेंक देते हैं। मजबूरी योग्य व्यक्ति को भी आखिर नियति जीवन के किस मोड़ पर लाकर पटक देती है यह कहानी उसका एक उदाहरण है।

दाम्पत्य की दरार के बाद अंजना से उसका पति तलाक तो ले लेता है पर बहुत दिनों बाद राह चलते ट्रेन में जब उसी पूर्व पति, उसकी पत्नी और उसके बच्चे से औचक मुलाकात होती है तो अंजना और उसके पूर्व पति आपस में संकोच और असमंजस में घिर जाते हैं। दो लोग जब तलाक लेते हैं तो बच्चों पर क्या बीतती है, इसकी भी एक मिसाल है कहानी 'एक भटकी हुई मुलाकात', जिसे उन्होंने बड़ी खूबसूरती से बुना है। इसका

ब्योरा जैसे बेहद नाटकीय अन्विति से बुना गया है। बच्चा जब टुकुर-टुकुर अंजना की ओर देखता है तो जैसे माँ का कलेजा उसमें अपने विलग हुए बच्चे की छाया पाकर हिल उठता है। अन्त में जाते हुए उस बच्चे की असली माँ उसके लिए एक पैकेट छोड़ जाती है। बहुत ही कचोट से भर देने वाली कहानी है यह।

ये कहानियाँ हों या इसके अलावा भी रामदरश जी की कुछ अन्य कहानियाँ—यथा, 'विदूषक', 'बबुआ', 'चिट्ठियों के बीच', 'माँ, सन्नाटा और बजता हुआ रेडियो', 'लाल हथेलियाँ', 'निर्णयों के बीच अनिर्णय', 'उत्सव', 'पराया शहर', 'मुर्दा मैदान', 'अतीत का विषद', 'आखिरी चिट्ठी', 'टूटे हुए रास्ते', 'सवाल के सामने', 'डर', 'शेष यात्रा', 'रहमत मियाँ', 'कलाकार' और 'आज का दिन भी' आदि। इनसे गुजरते हुए पाता हूँ कि वे मूल्यों को जीने वाले कथाकार हैं। खेत भले किसी प्रधान का है पर भूख के कारण यदि खेत से कुछ तोड़ लिया तो यह कोई बड़ा पाप नहीं है। एक दौर में 'गरीबी हटाओ' के पोस्टर दीवारों पर लगे होते थे और दूसरी तरफ एक बूढ़ा मरने के लिए अभिशप्त है। 'एक वह' और 'मुर्दा मैदान' दोनों में ऐसी दारुण मृत्यु से लगता है कि गरीबी का मखौल उडा़ते नारों के बलबूते ही यह लोकतंत्र बना है। पर इस लोकतंत्र में बिचौलियों की चाँदी रही। यही वह दौर था कि धूमिल इस तत्त्व के बारे में पूछ रहे थे, "यह तीसरा आदमी कौन है, मेरे देश की संसद मौन है।"

जहाँ तक इस देश के ज्वलंत सवाल हैं, कथाकार उनसे मुँह नहीं मोड़ता। वह उन्हें अपनी कहानियों के केन्द्र में लाता है। विकलांगता की पीड़ा 'सीमा' में दिखती है तो दलित त्रासदी 'सर्पदंश' में, बूढ़ों की उपेक्षा नियति पर सवाल 'एक वह' कहानी उठाती है तो आजाद भारत में एक अध्यापक की दुरवस्था और नेताओं की तड़क-भड़क पर 'सड़क' कहानी बात करती है। गाँवों में फैले अन्धविश्वास और कर्मकांड पर कथाकार 'दक्षिणा' में प्रहार करता है तो दुनिया के ढकोसलों को धता बताकर एक औरत ('एक औरत एक जिन्दगी') कर्मठता की राह पर चल पड़ती है। सुराजियों के साथ क्या सुलूक होता है, यह बात भी रामदरश जी

की कहानियों में एक धीमी लौ की तरह चमकती है। इस तरह रामदरश जी की कहानियों का व्यास चौड़ा है, उनकी चिन्ताओं का छोर व्यापक है किन्तु जिस एक बात को उन्होंने आज तक तरजीह दी वह है कहानियों की पठनीयता।

एक बात और जोर देकर कहना चाहूँगा कि वे रेणु और प्रेमचन्द के बाद की पीढ़ी के ग्रामीण रचनाकार हैं सो वे ग्रामीण भारत की समस्याओं को नहीं भूलते, अपने इलाके का दर्द नहीं भूलते। वहाँ का सामन्ती आचरण, दरिद्रता, गरीबी, मान-अपमान, अहं पर जीता सवर्ण समुदाय, भूख के लिए विवश दलित और वंचित—सब उनकी निगाह में हैं। उनकी कहानियाँ इन सभी मुद्दों को उठाती हैं। इस तरह पठनीयता के उद्देश्य को उन्होंने कभी आँख से ओझल नहीं होने दिया तथा आज तक उसका निर्वाह करते आ रहे हैं। जिस लहजे में 'राग दरबारी' में श्रीलाल शुक्ल ने लिखा था, यहाँ से भारतीय देहात का महासागर शुरू होता है, वह महासागर रामदरश जी के कथा संसार में लहराता मिलता है और उनकी कहानियों के विश्वसनीय विवेचक सुपरिचित आलोचक वेदप्रकाश अमिताभ का यह कहना सही है कि वे आन्दोलनों की जलवायु से पैदा कहानीकार नहीं हैं, कितने आन्दोलन उनके सामने से गुजरे पर वे उस शोर-शराबे के बीच भी अनुभव, बोध और रूपबन्ध के स्तर पर वैविध्यपूर्ण कहानियाँ लिखते रहे और आज भी उसी त्वरा के साथ विभिन्न विधाओं को अपनी रचनात्मकता से समृद्ध कर रहे हैं। आशा है ये कहानियाँ पाठकों व कहानियों में रुचि रखने वाले समाज को भाएँगी जो कहानी में आज भी सबसे पहले किस्सागोई की तलाश करते हैं।

25 जुलाई, 2022

—ओम निश्चल

क्रम

माँ, सन्नाटा और बजता हुआ रेडियो

गाँव से कल ही लौटा हूँ माँ का क्रियाकर्म करके। एक अजब सन्नाटा मन में अँटा पड़ा है। नदी के कटे हुए तट, खेतों में खुली हुई दरारें, उजड़े हुए सिवान...ठूँठ होते हुए पेड़...चारों ओर घूमती मृत्यु की गंध...

जनता का मनोबल बहुत ऊँचा है अपनी सारी कठिनाइयों के बावजूद वह बड़ी बहादुरी से जूझ रही है, मैं जनता के इस वीर भाव से बहुत प्रभावित हूँ...

चौंककर रेडियो पर एक मंत्री जी की आवाज सुनी, वे भी कल ही लौटे हैं सूखा क्षेत्र से। उठकर मैंने वॉल्यूम एकदम कम कर दिया और मंत्री जी की गरजती आवाज ऐसी लगने लगी मानो कोई लाचार व्यक्ति दूर से बोल रहा है...हाँ, अब ठीक है यह डूबती आवाज मेरी मन:स्थिति के पास आ गई है और इसमें वह टूटता प्रदेश कहीं अपना साम्य खोज रहा है।

बस से उतरकर गाँव की ओर देखा—सामने एक विशाल भू-भाग अपने समस्त खालीपन से मेरे भीतर उभर उठा। मैं हाथ में बैग लिये कुछ क्षणों तक उदास आँखों से इस विशाल सूने विस्तार को देखता रहा फिर धीरे-धीरे पैदल गाँव की ओर चल पड़ा...

नदी का निचाट कछार...इस रास्ते मैं कई बार आया हूँ इस मौसम में। तब खेत तरह-तरह की फसलों से भरे रहते थे। बाँगर पर के खेतों में अरहर की फसल लपसती रहती थी, किसानों से रास्ते बजते रहते थे, गाँव की लड़कियाँ और स्त्रियाँ हँसती हुई खेतों में उतराई रहती थीं... आज रास्ते सूने हैं। जाड़े की इस उदास दोपहरी में खाली फटी हुई जमीन लेटी है और मैं उदास पगडंडियों से सरकता जा रहा हूँ...माँ मर

गई है—मन की उदासी इस विशाल भूभाग की उदासी के साथ मिलकर गाढ़ी हो रही है।

नदी का तट...तट ही तट...पानी की एक रेखा बीच में आहत-सी खिंची है और तट का लम्बा विस्तार यहाँ से वहाँ तक फट गया है।

लोग अब लोग नहीं रहे व्यक्ति बन गए हैं जो कहीं-कहीं नदी में नहा रहे थे, मुझे आता देख सूनी आँखों से ताक रहे थे। तट पर कुछ गन्दे कपड़े सूख रहे थे जिन्हें कुछ नंग-धड़ंग बच्चों ने धोकर फैला दिया था...नाव थकी सी एक किनारे पड़ी थी।

नदी के बाद कछार का बीहड़ इलाका। दूर तक रेत ही रेत...। हर साल बाढ़ आती है, सारी हरियाली निगल जाती है और छोड़ जाती है सन्नाटा, भुखमरी लेकिन रबी के लिए ओदी जरूर दे जाती है—बेबसी और अभाव में भी एक हँसता हुआ सपना।

इस साल बाढ़ नहीं आई, पानी भी नहीं बरसा। खरीफ की फसल जो गई सो गई, रबी की फसल के लिए भी जमीन तैयार नहीं हो सकी। बाँगर और कछार एक से। मगर बाँगर पर बिजली के कुएँ तो हैं, नहरें तो हैं, लेकिन वह कछार एकदम अपने भाग्य पर ठहरा हुआ—पानी तेज बरसा तो उजड़ गया, कहीं कोई सुनने वाला नहीं...

मेरी टाँगों में दर्द हो रहा था, हाँ, पाँच मील लगातार चलकर आया, कोई सड़क नहीं, कोई सवारी नहीं, ऊँची-नीची पगडंडियाँ और टाँगों में दर्द। मंत्री जी दौरा करने गए थे—बाढ़ क्षेत्र का, सूखा क्षेत्र का, हवाई जहाज, कारें...। पहनाई जाती हुई मालाएँ, जय-जयकार, जनता को देखती नागरिक आँखें...

खपरैलों पर उदास धूप में लौकी-कोहड़ों की सूनी बेलें फैली हुई थीं। तिजहर हो गई थी। घर पहुँचा तो पिताजी तीर बाँस लिये बैलों को चरन पर से अलगाते दिखाई पड़े। उनकी दुबली-पतली काया दाढ़ी बढ़ जाने से और भी विषादग्रस्त दिखाई पड़ रही थी। मैं उनके सामने जाकर खड़ा हो गया। गमी में प्रणाम नहीं करते। उन्होंने मुझे देखा, खड़े-खड़े क्षण भर देखते रहे फिर उनके सर्द चेहरे पर एक रेखा उभरी, काँपी और सारा ठहराव टूट गया।

तड़ड़ाक...

मैंने चौंककर देखा...बैल ने पगहा तुड़ा लिया था। पिताजी नहीं चौंके जैसे यह तो सामान्य घटना है। बोले—क्या हो? बैलों का पेट भरता नहीं, पगहा न तुड़ाएँ तो क्या करें। पहले तो दिन में कई बार तुड़ाते थे अब तो गलकर आधे रह गए हैं।

मैं देखता रहा—बैलों के शरीर का मांस गलकर बह गया है, हड्डियाँ ही हड्डियाँ बच गई हैं।

"एक तो मर गया।" बड़े कष्ट से पिताजी ने कहा।

मैं चुप रहा। पिताजी बोलते गए, "भयंकर अकाल फैला हुआ है, न पशुओं को चारा मिलता है न मनुष्यों को भोजन।"

"हे राम!" कहकर पिताजी चुप हो गए और उनकी चुप्पी में न जाने कितनी व्यथाएँ उभर आईं।

बस-स्टेशन से देखता आ रहा हूँ—नदी, खेत, गाँव और लगता है कि इस छह मील की सारी उदासी पिताजी की चुप्पी में समा गई है।

पिताजी एक काठ की चौकी पर बैठ गए और मैं एक चारपाई पर। अन्दर से बुआ जी लोटे का पानी लिये निकलीं तो मैं धक्क से रह गया। लगा, माँ लोटे का पानी लिये निकली हो। मन एकाएक कितनी स्मृतियों से भर उठा, कितनी यात्राओं की वापसी और लोटे का जल लिये माँ का निकलना...

"कल ही आई हैं," बुआ जी की ओर लक्ष्य करते हुए पिताजी ने कहा। फिर चुप हो गए जैसे किसी भँवर में फँस गए हों।

"तुम्हारी माँ तुम्हें देखने को तड़पती रह गईं। उनकी आँखों में अन्तिम दम तक जैसे एक ही प्यास थी—तुम्हें देखने की। तुम समय से न आ सके।"

मेरे भीतर एक हूल सी मारने लगी। माँ की तरल निरीह आँखें मुझमें भर आईं। मैं भीतर-भीतर गलने लगा। मेरे रक्त में बचपन से लेकर अब तक का समय बहने लगा—हर पल में, हर मोड़ पर, हर व्यथा में माँ... हर संघर्ष में माँ...। जब से शहर में रहने लगा था माँ अकेली छूट गई पिताजी के साथ। मैं इकलौती संतान परिवार के साथ शहर में।

"तुम्हें मरते समय देख नहीं पाऊँगी।" हर बार घर जाने पर माँ कहती और हर बार मेरे जाने से पहले बेचैन हो उठती। मैं हँसी में टाल देता। माँ और भारी हो आती।

मैंने कई बार माँ से शहर चलकर मेरे साथ रहने को कहा था लेकिन वह पिताजी को छोड़कर आने को राजी नहीं हुई और पिताजी खेती-बारी छोड़ने को तैयार नहीं थे।

मेरे भीतर एक पल में कितना कुछ बह गया। एकाएक याद आया कि पिताजी ने कुछ कहा है और मैंने सफाई देते हुए कहा—"पिताजी, मैं अपनी ओर से समय से ही आया किन्तु एक तो यहाँ से चिट्ठी जो पहुँची वह सात दिन में पहुँची। दूसरे, छुट्टी लेने में और इन्तजाम करने में दो दिन का समय बीत गया और आने में दो दिन।"

"पताल में बसे हुए हैं हम लोग, चिट्ठी-पत्री के आने-जाने में कितना समय बीत जाता है, सरकार तो जानती भी नहीं कि इस देश में यह इलाका भी है..." पिताजी दुखी स्वर में बोले।

"क्या हुआ था माँ को?"

"बीमारी तो कोई खास नहीं, कुछ पेट-वोट का मर्ज था, वह तो पहले से ही था। लेकिन इधर पेट में बहुत तेज जलन होने लगी थी। यहाँ के वैद लोग चूरन देते रहे किन्तु कोई फायदा नहीं हुआ। रातभर चीखती रहीं और एक दिन बस सब कुछ समाप्त।"

मुझे मालूम है कि माँ के पेट में अक्सर दर्द होता था। जब मुझे भी वह दर्द होने लगा तो शहर के डॉक्टरों से मालूम हुआ कि वह हाइपर एसिडिटी है जो मुझे माँ से मिली है। डॉक्टर कहते हैं कि इसके बहुत बढ़ जाने पर पेट में गाँठ पड़ जाती है फिर वह फोड़ा बनकर फूट जाती है और पेट में जहर फैल जाता है...माँ इसी से मरी है...इस रोग में दवा के अलावा काफी दूध चाहिए...

"क्या खाती थी माँ बीमारी में?" गाँव की हालत जानते हुए भी मैंने अभ्यासवश पूछ दिया।

"क्या खाती थी? अरे यहाँ खाने को और मिलता भी क्या? चना, मटर, मक्का, सत्तू भूजा...और वह भी कहाँ मिलता है इन दिनों? घर पर

तो भूख दहाड़ रही है पैसा देने पर भी तो अब कोई अन्न नहीं मिलता।" पिताजी आहत स्वर में बोले।

तो माँ मर गई मटर और मक्का खाकर। उसे पेट की बीमारी में खाने को अच्छा अन्न भी नहीं मिल सका। मुझे लगने लगा कि माँ की मौत का जिम्मेदार कहीं मैं भी हूँ—न उसकी दवा करा सका और न उसके पथ्य के लिए पर्याप्त पैसे भेज सका।

पैसे की याद आई तो हाथ जेब की ओर चला गया। हाँ, सौ रुपये सही-सलामत हैं। इसी का इन्तजाम करने में तो दो दिन लग गए थे। उसकी भी क्या कमाई है कि मौका पड़ने पर सौ रुपये भी नहीं निकाल सकता।

"पिताजी, ये रुपये लाया हूँ, सौ हैं।"

"ठीक है, जो हैं सो हैं। इस जमाने में किसी तरह काम चलाना है... पैसा देने पर भी सामान कहाँ मिलते हैं?"

पिताजी ने मेरे रुपयों की संख्या पर कोई टिप्पणी नहीं की, कभी नहीं करते। उन्होंने घर के लिए कभी पैसे नहीं माँगे जैसा कि गाँव के लोग अपने घर के कमासुतों से माँगते हैं। वे जानते हैं मेरी मजबूरियों को, शहर में परिवार लेकर रहने वाले एक व्यक्ति की मजबूरियों को।

शहर में राशनिंग चल रही है, रोज रेडियो पर नेताओं के भाषण आते हैं—देश संकट में है, अन्न का अपव्यय नहीं करना चाहिए। समारोहों में एक सौ आदमी से अधिक को नहीं खिलाना चाहिए—यह एक जुर्म है।

मगर मैं प्रायः देखता हूँ समारोहों का फैलाव। सौ आदमी बाहर खाते हैं तो चार सौ आदमी परदे के पीछे और नेता लोग देश का काम-धाम छोड़कर इस प्रकार अपव्यय करने वाले धनपतियों के बेटी-बेटों को आशीर्वाद देने जाते हैं। अभी उस दिन मेरे मुहल्ले में रहने वाले एक सेठ की बेटी से मंत्री के बेटे की शादी थी और मैंने जो तमाशा देखा उसे बयान नहीं कर सकता। इसलिए जब रेडियो पर नेताओं के भाषण आते हैं, रेडियो बन्द कर देता हूँ, स्वार्थी, बकवासी, देशद्रोही।

तिजहर ढल रही थी, मैं पास के गाँव के बाजार के लिए निकल पड़ा, धीरे-धीरे चीजें खरीदनी हैं न। गाँव के बीच में होता हुआ जा रहा

था, भयंकर सन्नाटा। मुझे याद हो आई बचपन में देखे हुए प्लेग की। गाँव में भयंकर सन्नाटा जैरो अभी-अभी कोई तूफान गुजरा है। लोग मुझे देखते थे, प्रणाम आशीर्वाद होता था। सब कुछ एक अजनबी की तरह। कुछ लोग दीवार से सटे हुए धूप के सहारे बैठे अपने मैले कपड़ों में से चीलर निकाल रहे थे, कुछ औरतें एक-दूसरे के सिर से जूँ निकालकर मार रही थीं, कुछ उपले पाथ रही थीं, गुड़साल सूना था, उसमें घुसकर एक कुत्ता लेटा हुआ था। दरवाजे-दरवाजे पर बच्चे खाली कटोरे लिये रो रहे थे या रोकर थक गए थे—पेट निकले हुए, हड्डियाँ उभरी हुईं, आँखों में एक थका अन्धकार।

लोग धीरे-धीरे बाजार की ओर निकल रहे थे जैसे खेत में खड़े किए गए धोखे चल रहे हों। गाँव के बाहर हुआ, सामने खेत बोये-अनबोये पड़े थे।

"खेत अनबोये पड़े हैं," मैं अपने आप से बातें करने लगा था।

"पालागी बबुआ।" आगे-आगे सरकती हुई एक आकृति पीछे मुड़कर बोली, "बबुआ, जब कुछ होना ही नहीं है तो घर में जो दो-चार दाना रखा हुआ है उसे भी कौन बरबाद करे?" फिर वह हाँफने लगा।

"दुधई, अरे तुम!"

"हाँ, मालिक।"

"कहाँ से?"

"अब का बताएँ बबुआ, मजूरी-पताई तो मिलने की नहीं। चम्पारन का एक आसरा होता था। इस समय हम लोग वहीं जाकर धान-वान काटते थे, दिन गुजर जाते थे। सुना है वहाँ भी सूखा पड़ा है। कुछ काटने-ढोने को रहा ही क्या?...अब बबुआ, खाने बिना हम लोग तड़पकर मर रहे हैं, यहाँ से वहाँ, वहाँ से यहाँ घूम रहे हैं कुछ पाने के जोगाड़ में।"

"इस गठरी में क्या है दुधई?"

"अब का बताएँ मालिक, अब तो इसी का सहारा रह गया है न... पेड़ की छाल है।...लेकिन बबुआ हम लोगों के पास पेड़ भी तो नहीं हैं। किसी के पेड़ की छाल काटो तो गाली-मार सहनी पड़ती है।"

पेड़ की छाल आदमी खाता है—कितना अमानुषिक। उफ! लेकिन

मेरे लिए मानव की यह बेबसी नई नहीं है। मैंने उसके कई रूपों, रंगों के बीच से यात्राएँ की हैं—गोबरहा-पशुओं के गोबर में से अन्न के दाने निकालकर खाना क्या कम बेबसी है? हमारे यहाँ के हलवाहे खाते हैं और हम समाजवाद, मानवतावाद, प्रजातंत्र आदि का नारा लगाते नहीं अघाते।

दुधई मेरा हलवाहा है, मैं मर्माहत-सा बाजार चला जा रहा था और वह धीरे-धीरे मेरे पीछे सरक रहा था जैसे कोई प्रेत।

"कें कें कें"—

पेड़ पर एक बड़ा पक्षी छोटे पक्षी को दबोचे हुए था।

मैं विचलित होकर देख रहा था।

"आ का देख रहे हैं मालिक! चिरई-चुरुमन भी अपना धरम खो बैठे हैं। खेतों के ऊपर उड़ते रहते हैं, कहीं कोई दाना दिखाई नहीं पड़ता, पटपटाकर मर रहे हैं। क्या करें, अपनी जाति के छोटे-छोटे पक्षियों को मारकर पेट की आग बुझा रहे हैं।"

चें चें चें—स्वर धीरे-धीरे ठंडा पड़ गया।

चाँय-चाँय-चाँय-चाँय ढलती धूप सूअर के चीत्कार से और भी उदास हो आई। एक श्मशान सहसा चिल्लाता हुआ मालूम पड़ा।

"चमरौटी के चमार एक सूअर मार रहे हैं, अब सूअर ही सहारा रह गए हैं। रोज दो-एक कटते हैं। चमरिया की पूजा हो जाती है और पेट की भी पूजा।"

दुधई ने फिर पैलगी की और डगमगाता हुआ अपनी झोंपड़ी की ओर बढ़ गया। मैं सूनी हरिजन बस्ती के बीच से धीरे-धीरे बाजार की ओर बढ़ गया।

बाजार में पहले से ज्यादा भीड़ थी लेकिन शोर नहीं था। लोग एक-दूसरे के लिए अजनबी से घूम रहे थे, बेकार थे, काम ही क्या था? लेकिन लेन-देन का शोर नहीं उठ रहा था। बनिया दुकान पसारे बैठे थे और लोग अपनी खाली जेबों में हाथ डाले सामने से गुजर-गुजर जाते थे। कुछ बनिया से उधार के लिए चिरौरी कर रहे थे और बनिया अपनी असमर्थता के साथ झिड़क रहा था।

मैं अँ अँ अँ अँ—

चिक्क खसी को रेत रहा था। थाने के सिपाही जी, किसी साहब के चपरासी जी, बाबू साहब के खवास जी और कुछ बाहर से आए हुए देहाती बाबूजी लोग उसके आसपास घिरे थे। कुत्ते बहते हुए खून के लिए लड़ते हुए आपस में कटाउझ कर रहे थे और पेड़ से बँधे कुछ बकरे आँखों में अजब भय भरे सब कुछ देख रहे थे। चील ऊपर चक्कर काटती हुई टिहा रही थी, बाजार थर्रा उठता था।

भर्र भर्र भट भट भट—

एक शोर बाजार के सन्नाटे को कुचलता हुआ आया।

बाबू साहब हैं, छावनी पर आ रहे हैं, देखा नहीं उनका खवास गोश्त खरीद रहा है।

मैंने बाबू साहब को फिर देखा—और मोटे हो गए हैं। उनके भार से मोटरसाइकिल के पहिये कराहते से लग रहे हैं। उनके साथ एम. एल. ए. साहब भी हैं—कल कोई सभा है कांग्रेस की जिसमें भूखी जनता को उपदेश पिलाया जाएगा—हाँ, बाबू साहब को इस बार कांग्रेस चुनाव टिकट देने वाली है।

तो क्या बाबू साहब कांग्रेसी हो गए हैं? जमींदार बाबू साहब...। जमींदारी टूटने लगी तो बहुत से खेत बेचकर व्यापार में लगा दिया, अब कई कारखानों के मालिक हैं और कांग्रेसी भी। एक जमींदार, एक व्यापारी, एक कांग्रेसी, सभी कुछ एक ही व्यक्ति में...बाबू साहब।

पुलिस के सिपाही, एक सरकारी साहब तथा और बहुत से देहाती बाबू लोग छावनी की ओर बढ़ गए और भूखी जनता दुकानों के आस-पास चक्कर काटती रही...। एक औरत को जड़इया आ रही थी, उठकर कुछ सौदा लेने आई थी, बाजार में ही गिरकर काँपने लगी और एक बूढ़े आदमी की सूखी खाँसी ने इतना जोर मारा कि कटते हुए बकरे की तरह उसकी आँखें छटपटाने लगीं और एक पेड़ का आसरा लेकर जमीन पर पसर गया।

शाम होते ही गाँव में मौत का सन्नाटा छा गया—न कोई खेतों की ओर गया, न अलाव के पास जमघट इकट्ठा हुआ। लोग अपने घरों के अँधेरे में डूब गए। बहुत से घरों में न चिराग जले न चूल्हे। रात शाम को

ही गहरी हो गई और अपने भारी डैनों के नीचे जमीन के सारे खालीपन को ढकती गई।

पिताजी तीर-बाँस लिये चौकी पर लेटे थे और मैं चारपाई पर कम्बल ओढ़े रह-रहकर बातें करते थे और फिर डूब जाते थे किसी प्रदेश में और मैं भी रात के सन्नाटे में भारी हो रहा था। अँधेरे में हम दोनों अलग-अलग एक ही व्यथा में डूब रहे थे...माँ। पिताजी की आँखों के सामने उभरते अकेलेपन का मैं अनुभव कर रहा था। लम्बी यात्रा के एक ठहराव पर आकर सहयात्री ने साथ छोड़ दिया। किन्तु यात्री को अभी और दूर जाना है न जाने कहाँ तक और वह अकेला है। अब मुड़-मुड़कर पीछे की ओर देख लेता है तब यात्रा और भारी हो उठती है।

मुझे लगता था कि अब माँ निकलेगी लोटे का पानी लेकर और पास घंटों बैठी हुई मेरा हालचाल पूछेगी, सिर पर धीरे-धीरे हाथ फेरती हुई बच्चों के बारे में ढेर सी बातें करेगी...

घंटों बीत गए नींद नहीं आई। चौंक पड़ा—पिताजी शायद रो रहे थे। मैंने सो जाने का बहाना किया इसलिए उनके रोने में कोई विघ्न नहीं पड़ा। हबसते रहे, उनका दर्द बहता रहा और मैं अपने दर्द को भीतर दबाए, मुँह कसे रहा। लगा कि मैं भी रो पड़ूँगा लेकिन अपने को पकड़े रखा और मेरी व्यथा भीतर ही भीतर जमती गई।

सुबह आठ बजे घर से बगीचे की ओर निकला। सफाचट मैदानों पर निरवलंब गिरा हुआ कुहरा अब भी छाया हुआ था, धूप असहाय सी उसके भीतर रेंग रही थी, कुछ लोग दीवार पर चिपकी धूप से सटे थे, उनके चेहरों से लगता था कि रात अपनी पूरी आर्द्रता और अन्धकार से उन पर मोटी-मोटी रेखाएँ खींचकर गुजरी है।

मुझे अपना बचपन याद आ गया और डंक मारती हुई सुबहें, रातें मुझमें से तेजी से गुजर गईं, गरम कोट के भीतर मुझमें कँपकँपी होने लगी।

"दुधई मर गया।" कोई बोला।

"मर गया?" चलते-चलते मैं रुक गया। अभी कल ही तो उसे देखा था।

"आज रात को टें बोल गया भइया। बहुत भला आदमी था।"

भला-बुरा होने से क्या होता है मौत के सन्दर्भ में? हर मरने वाले के लिए भला शब्द सुनने का अभ्यास पड़ गया है हम लोगों को।...लेकिन दुधई सचमुच भला आदमी था। लेकिन वह भला न होता तो भी मुझे कष्ट तो होता ही। मेरा हलवाहा था वह और उसके साथ मैंने जीवन को अनेक सन्दर्भों में देखा है...।

"गाँव के दो हरिजन और मर गए।" एक आदमी बोला।

"और किसी को खबर नहीं।"

"मरना कोई अजीब बात रह गया हो तो खबर हो, अब तो मौत हर दरवाजे पर धरना दे रही है...कौन कब चल देगा क्या खबर?...और जाड़े की रात में किसी के रोने-धोने की आवाज उठती भी है तो भीगे हुए अन्धकार में उलझकर रह जाती है।"

मैं आगे बढ़ा। एक कुत्ता रास्ते पर ठंडक से मर गया था और सवेरे-सवेरे कौओं की काली-काली भीड़ उसके आसपास मँडरा रही थी।

माँ का काम हो गया। बहुत संक्षेप में सारी क्रिया की गई। मेरे मन में बहुत पहले से कर्मक्रिया की इस परिपाटी के विरुद्ध—खासकर महापात्रों वाले विधान के खिलाफ विद्रोह था। लेकिन गाँव में ये सारी क्रियाएँ निभानी पड़ीं। आलोचनाएँ होने लगीं कि मैंने माँ का काम बिगाड़ दिया कि कुछ खर्च-वर्च नहीं किया, वैसी पुण्यात्मा के काम-काज में काफी टीम-टाम होना चाहिए था।...मैंने चुपचाप सब कुछ सह लिया और एक बार गुस्से से कुछ लोगों को सुना दिया कि भीड़-भाड़ देखनी हो तो चले जाओ मंत्रियों, नेताओं और सेठों के यहाँ चलने वाली शादियों में। इस अन्न-संकट के जमाने में अन्न-धन का अपव्यय करने के लिए मुझ जैसे आदमी के पास न तो पैसे हैं और न नैतिक साहस।

पड़ोस की चाची बीमार थीं, वे माँ की सखी थीं। दोनों को प्रायः साथ देखा था।...मैं उन्हें देखने गया था, एक दुर्बल काया खाट पर लेटी पड़ी थी। तन पर एक मैली सी फटी गूदड़ी। चाचा उनके पास गाल पर हाथ धरे बैठे थे। उस घर में और कोई नहीं है। एक लड़का है मन्ना जो कलकत्ता के किसी जूट मिल में काम करता है।

"चाची को क्या हुआ है?"

"अब क्या बताएँ बच्चा, कल तो ठीक थी, लगता है रात को ठंडक लग गई है।"

"एक ही दिन की बीमारी में चाची ऐसी लट गईं?" चाचा की आँखें एक बार बहुत भारीपन से ऊपर को उठीं फिर अपने में लौट आईं। कुछ रुककर अटकते हुए से बोले, "बीमारी तो एक दिन की है बच्चा, लेकिन भूख तो कई दिन की है न।"

चाची कराहीं, उनकी आँखें ऊपर को उठीं। मैं धक्क से रह गया—माँ की दृष्टि, वही करुणा, वही व्यथा, वही आर्द्रता...।

मन्ना को देखने की रट लगाए है लेकिन बेचारे के पास आने का किराया हो तब न।" चाचा बोले।

चाची कराहकर बोलीं, "बेटा, सखी तुम्हें देखने की प्यास लिये अन्तिम दम तक छटपटाती रहीं। कितनी भली औरत थी, गाँव सूना हो गया।"

चाची की दृष्टि मेरे भीतर चुभती चली जा रही थी। ओह, माँ भी ऐसे ही मरी होगी, ऐसी ही दिखी होगी—वही व्यथा, वही करुणा, बेटे को देखने की वही प्यास...।

एक खाली हाँडी गिरी और चूर-चूर हो गई। शायद अन्न की तलाश में किसी चूहे ने गिरा दिया है।

मेरी इच्छा हुई कि पाँच रुपये दे दूँ चाची के लिए...माँ बहुत याद आ रही थी। हाथ कई बार पॉकेट पर गया लेकिन मैं रुपये नहीं निकाल सका...अभी लौटना भी तो है।

चाची के पास से धीरे-धीरे लौट आया। मैंने पिताजी से बहुत आग्रह किया कि वे मेरे साथ चलकर रहें। अब यहाँ क्या रखा है?

पिताजी कुछ चुप होते हुए से बोले, "हाँ, रखा तो कुछ भी नहीं है मगर अपनी खेती-बारी तो है, अपना पुश्तैनी मकान तो है।"

"बेच दीजिए इन्हें?"

"राम-राम, कैसी बात करते हो बेटा, पुश्तैनी चीज कहीं बेची जाती है?"

"लेकिन पिताजी सोचिए, आपके बाद इनका क्या होगा? क्या मेरे बच्चे यहाँ आएँगे खेती-बारी कराने?"

"हाँ, नहीं आएँगे तो मेरे मरने के बाद बेच देना, मैं कैसे छोड़ सकता हूँ।"

पिताजी नहीं माने। मैं उन्हें अकेला छोड़कर शहर लौटने लगा...सुना चाची मर गई, चाचा अकेले भोंकर-भोंकर रो रहे हैं।

चाची मर गई, मेरे पाँव चलते-चलते ठिठक गए—चाची की आँखों में वही माँ की आँखें। मैं माँ को नहीं देख सका लेकिन चाची की आँखों में उसे देख लिया। गाँव की बहुत-सी औरतें बीमार हैं, हर औरत माँ है, मुझे हर औरत की तड़प में माँ की तड़प दिखाई दी।...अभावों से घिरा स्तब्ध वायुमंडल, इसमें भटकती मृत्यु की गंध और घर में दम तोड़ती एक माँ...माँ, मैंने तुम्हें देख लिया...!

मेरे रुके हुए पाँव फिर चल पड़े और गाँव के बाहर हो गए। धीरे-धीरे छूटने लगे सिवान पर खड़े अकेले पिताजी, सूने-सूने गाँव...फैली रेत... दरारों-भरा नदी का तट...।

एकाएक बच्चे ने आकर रेडियो तेज कर दिया, "लेकिन लोग बहुत मनोबल से लड़ रहे हैं, उनमें बड़ी शक्ति है, किसी को भूख से मरने नहीं दिया जाएगा।"

उठकर मैंने खटाक से रेडियो बन्द कर दिया और कुछ जरूरी काम निबटाने में जुट गया।

एक वह

वह बुड्ढा कौन था, कहाँ का था, पता नहीं। वैसे वह इस देश का कोई भी हो सकता है और कहीं का भी हो सकता है। बस वह था और दिल्ली महानगर की एक कॉलोनी के एक गोल चक्कर पर बैठकर कभी मूँगफलियाँ, कभी भुट्टा, कभी चने-मुरमुरे बेचा करता था। उसके पास

काठ का एक बक्सा था और एक टूटी हुई चारपाई, वही गोल चक्कर उसका घर था और वही दुकान। जाड़ों की रातों में भी वह एक फटी रजाई ओढ़कर खुले आसमान के नीचे उसी चारपाई पर सोता था और गर्मी की धूप में उसी चारपाई को खड़ी कर उस पर अपनी फटी रजाई तानकर छाँह बना लेता था। हाँ, उसके पास एक पुरानी बरसाती भी थी जिसे वह बरसात के दिनों में अपने खुले मकान के ऊपर तान लेता था और जब बारिश बहुत तेज हो जाती थी तो पास के किसी बरामदे में सरक जाता था।

वह अस्सी वर्ष से कम का नहीं रहा होगा। उसके चेहरे पर हमेशा एक ठहराव छाया रहता था। उसको देखते ही कल्पना होती थी कि एक बरगद श्मशान में खड़ा-खड़ा निरुद्देश्य भाव से वर्षा, शीत, घाम सहता हुआ जी रहा है, लेकिन नहीं, एक फर्क था। वह श्मशान का बरगद नहीं था, उसके चारों ओर तरह-तरह की दुकानें, बड़े-बड़े मकान थे जो लगातार बढ़ते जा रहे थे। वह इन सबको निस्पृह आँखों से देखता हुआ अपने में लौट आता था और भुतहे बरगद-सा फड़फड़ा उठता था।

"क्या हाल है ताऊ?" मकानों की लगातार बढ़ोतरी में सीढ़ी बनने वाले उस बुड्ढे की ओर के कुछ मजदूर या नाई या फेरी वाले दोपहर को उससे कभी-कभी पूछते।

"हालचाल ठीक है हो भइया, आओ बैठो।" रामचरितमानस का एक जीर्ण-शीर्ण गुटका खोलकर बैठा हुआ ताऊ सबको अपने पास बैठने का निमंत्रण देता।

"नहीं ताऊ, अभी नहाना-धोना है।" कहकर कुछ तो चले जाते लेकिन कुछ श्रद्धा-भाव से बैठ जाते और ताऊ रस से झलमलाती अपनी आँखें ऊपर उठाता और कहता—"सुनो भाई सुनो"—और ताऊ रोज की तरह आज भी सुना रहा था—

र र हा ए ए एक दि दि दिन अव अव धी धा रा
स स स समु झ झत मन दु दुख भय भयउ आ पारा

"जानते हो भाइयो यह कहाँ का परसंग है। अरे जब भगवान

रामचन्दर जी लौटने वाले हैं तब भरत जी चिन्ता करते हैं। एक भाई वोह लोग थे कि अभी आने में एक दिन बाकी है तो भी भरत जी आकुल-बियाकुल हो रहे हैं और एक भाई आज के होते हैं कि एक-दूसरे की गटई काट लें।"

कहते-कहते ताऊ की आँखों में न जाने कैसी एक व्यथा भर गई। जब-जब इसे पढ़ता है भर जाती है। लगता है कि उसकी आँखें अतीत में कुछ खोजने लगी हैं।

"हाँ ताऊ, हाँ ताऊ, सच बात है।"

"अरे भाइयो, जइसे पुनिआतमा रामचन्दर जी वोइसे पुनिआतमा भरतजी।"

"हाँ ताऊ, हाँ ताऊ, ई तो है।"

"अरे ई नहीं होगा तो का होगा? अरे गोसाईं जी कहि गए हैं, जइसा राजा वोइसा परजा।"

आरे दयहिक दयविक भवतिक तापा
राम राज काहू नहिं बियापा

ताऊ ऐसे करुण कंठ से यह चौपाई गाता था कि उसकी आँखों में रामराज्य उतर आता था।

"लेकिन भइया हो, आजु परजा दुखी है राजा के पाप से। आजु राजा के पास धरम-अधरम का, पाप-पुन्नि का विचार नहीं रह गया है इसीलिए तो परजा का भी सत्तानास हो रहा है। अरे भाइयो, गोसाईं जी बड़े गियानी पुरुख थे, वो कहि गए हैं कि एक दिन कलजुग आएगा और जब आएगा, तो क्या होगा।"

"वाह रे तउवा, तू तो बड़ा गियानी है रे।" कहते हुए एक मजदूर ताऊ के पाँव दबाने लगा।

"अरे मैं कहाँ गियानी हूँ रे। अरे जब मैं अपने गाँव में था न रे, तो एक पंडित जी रामायन सुनाया करते थे। बड़े गियानी पुरुख थे वो। बस उन्हीं से सुनि-सुनि के कुछ चउपाई याद कर लिए हैं। हाँ तो महतमा जी कहि गए हैं भाइयो—

आरे दिज सुति बंचक भूप परजासन
आरे कोऊ नाहीं माने निगम अनुसासन

हाँ भइया तो इसका अर्थ हुआ कि दिज—दिज माने बाभन। बाभन लोग सुति—सुति माने बेद को ठगेंगे और भूप—भूप माने राजा। राजा लोग परजा को ठगेंगे।"

"अच्छा भाई, कथा तो अभी चलेगी, ए रघुनाथ, जरा ऊ दुकनिया से आठ आना का आधा किलो आटा तो लेते आओ, अभी रोटी बनानी है हो।"

"ताऊ, अब आठ आना का आधा किलो आटा नाहीं मिलेगा, अब तो बीस आना किलो हो गया है।"

"कब से हो?"

"अरे कब से का पूछते हो ताऊ? बाढ़ी के पानी की तरह तो चीजन का भाव चढ़ रहा है, कब किसका भाव केतना हो जाएगा, कौन जानता है।"

"अरे अभी तो परसों मँगाया था हो आठ आना का आधा किलो। और आज बीस आना किलो हो गया। अरे ऐ रामचन्दर जी, गरीब आदमी कइसे जीएँगे।" ताऊ के मुख से एक उच्छ्वास निकल गया।

"अरे भइया, आटा दालि, चिन्नी, तेल, तरकारी, लकड़ी, कोयला सब के भाव में तो आगि लगी है, आदमी कइसे जीएँगे।" ताऊ दर्द से बोलता जा रहा था।

"अरे ताऊ जीएँगे काही नाहीं हो? जीएँगे नाहीं तो वोट कइसे देंगे। एतना त उन्हें जियही के पड़ी कि वोट दे सकें।"

"हँ हँ हँ हँ तू भी ठीक कहता है रे।" ताऊ के पोपले मुख पर एक उदास हँसी फैल गई।

सभी चुप होकर सुनते हैं—लाउडस्पीकर पर उछलती हुई मोटी-मोटी आवाजें जैसे वे एक-दूसरे का पीछा कर रही हों, सभी एक-दूसरे को काट रही हैं फिर भी लगता है सभी एक ही बात कर रही हैं और काफी दिनों से कर रही हैं।

"ई समाजवाद का है हो ताऊ?"

"अरे भइया, ई तो मेरी समझ में भी आता वोता नहीं है, लेकिन लगता है कि कोई अच्छी चीज है। लोग कहते हैं कि गरीबन के दुख-दरद दूर करे खातिर ई आ रहा है।"

"हाँ ताऊ, ई तो हम भी सुनते हैं, कब से सुन रहे हैं लेकिन ई मालूम नहीं ई ससुरा कहाँ तक आया है।"

"हमको मालूम है हो। ई आया है लाला जी के दुकान पर जो रोज-रोज भाव बढ़ा देता है, ई आया है वो देखो सामने वाले सेठ जी की कोठी पर जो रोज-रोज बढ़ रही है, ई आया है अफसरवन के जेब में घूस बन के, और भइया ई आया है नेता लोगन के मुँह में जहाँ से थूक की तरह बखत-बेबखत जनता के ऊपर झरता जाता है।"

"अरे वाह रे भइया, तू तो बड़ा गियानी है रे।" बापू खिलखिलाकर हँस पड़ा।

ताऊ रोज सवेरे उठता है तो देखता है कि उसके आसपास की दीवारों पर दो-चार नये पोस्टर लग गए हैं, किसी में दीया जल रहा होता है, किसी में बछड़ा गाय का दूध पी रहा होता है और कभी-कभी हँसुआ-हथौड़ा भी दिखाई पड़ जाता है। और रोज-रोज ये ही तसवीरें। और तसवीरें तो बड़ी प्यारी लगती हैं—दीया कौन नहीं जानता, यह तो घर-घर में जलता है लेकिन उसने ऐसा दीया अपने घर में कभी नहीं देखा, उसने ढेबरी देखी है। ई दियवा तो बहुत सुन्दर दीख रहा है जइसे जमींदारन के इहाँ का दीया होता है और गाय-बछड़ा तो गाँव की चीज ही है, इसे कौन नहीं जानेगा लेकिन हाँ, उसके घर न कभी गाय रही, न बछड़ा। वह तो दूसरों का ही गाय-बछड़ा हाँकता रह गया और हँसुआ-हथौड़ा? अरे हथौड़ा तो लोहारों के यहाँ होता ही है जिससे वह कुदाल और हल पिटवाया करता था लेकिन हँसुआ तो उसके हाथ में ही रहा जब तक वह गाँव में रहा। और उसे लगता है इन सारी तसवीरों में हँसुआ उसकी अपनी तसवीर है। उसे हाथ में लिये हुए न जाने कितने पराये खेतों में घूमा है। गरीबी-गरीबी-गरीबी...इसके सिवा उसने देखा ही क्या है। इसीलिए वह रोज उस पोस्टर को हसरत भरी निगाह से देखता है और धीरे-धीरे पढ़ता है—

ग ग र र पर ई की मात्रा री ब ब ब पर ई की मात्रा बी गरीबी ह ट ट पर आ की मात्रा टा, अ अ पर ओ की मात्रा हटाओ, ग री बी हटाओ।

फिर वही दिनभर का चक्कर। उसके पास से गुजरती हुई सवारियाँ, उनसे उड़-उड़कर उसके ऊपर मँडराती धूल, मकानों के बनने और बढ़ने की खट-खट आवाजें...

और जब रात को सोता है तो उसे अपना घर याद आता है। घर! उसे लगता है कि उसका अपना गाँव तो है लेकिन घर? कहाँ है घर? उसका घर तो यही गोल चक्कर है। हाँ, गाँव में घर के नाम पर एक झोंपड़ी है। मजूरों के पास और होता ही क्या है और वह झोंपड़ी भी उसकी अपनी है वह नहीं कह पाता। कोई जब चाहे उजाड़ दे।...वह भी उस झोंपड़ी को अपना घर कैसे कहे जहाँ से उसके छोटे भाई और भयहु ने निकाल दिया। वह बीमार हो गया था और बहुत दिन तक बीमार रहा। भाई-भयहु के लिए वह बोझ बन गया। हाँ, जब दिल्ली में आकर दो-चार आना कमाने लग गया तो फिर घर का प्यारा बन गया। एक बार होली के बखत पर घर गया तो भाई के सबसे छोटे लड़के ने उसे अपने प्यार से मोह लिया। और उसी के मोह की खातिर वह कुछ पैसे बचाकर भेजता है...आखिर क्या करे? उसकी तो शादी भी नहीं हुई। लँगड़ा है न। उसके भीतर औरत और बच्चों के बिना की सूनी जीवन-यात्रा उभरती और धीरे-धीरे उसे नींद आ जाती।

आज ताऊ को बुखार था। शायद रात को ठंड लग गई थी। हाँ, रात ठंड बहुत ज्यादा थी। उसके परिचित मजूरे आए-गए, हालचाल पूछ गए। कुछ चाय-वाय पिला गए, ताऊ को दस्त लग गए थे। पहले तो लकड़ी पर टेघते-टेघते कुछ दूर के एक मैदान तक गया लेकिन कितना जाता? उसके बिस्तर पर मक्खियाँ भिनभिनाने लगीं। कल भाई के छोटे बच्चे की चिट्ठी आई थी। ताऊ ने किसी से पढ़वाकर जान लिया कि लड़के ने इस साल होली में उसे घर बुलाया है। ताऊ के हाथों में चिट्ठी खुली पड़ी थी और वह खुली हुई चिट्ठी बाँच रहा था—ताऊ होली में जरूर आना। रात को ताऊ का बुखार तेज होता गया, वह बड़बड़ाने लगा। पता नहीं जिन्दगी के कितने उतार-चढ़ाव उसकी नीम बेहोशी से

गुजरते रहे और उसे यह एहसास होता रहा कि उसके आसपास कितने ही पोस्टर चिपकाए जा रहे हैं।

और एकाएक यात्रा रुक गई। सुबह की भीड़-भरी हलचल ने चलते-चलते देखा कि उसके बीच एक लाश पड़ी हुई है। लाश के सिरहाने मानस का गुटका है और एक मुट्ठी में कसी हुई चिट्ठी है। कहीं से उड़ता हुआ आकर एक पोस्टर लाश पर चिपक गया है और फड़फड़ा रहा है। चलते-चलते भीड़ उस पोस्टर को पढ़ लेती है—

गरीबी हटाओ...

सड़क

भर्र-भर्र करती हुई एक जीप दुकान के सामने रुकी।

"ओ चाय वाले, चार कप चाय बनाना।"—कहकर एक आदमी तीन आदमियों के साथ दुकान के आगे पड़ी खाट पर बैठ गया और वे आपस में बनती हुई इस सड़क के बारे में बातचीत करने लगे।

चाय वाले ने कोयले के चूल्हे पर खौलते पानी को पतीली में डालकर अन्दाज से उसमें चाय, चीनी और दूध मिला दिया और काँपते हाथों से, आँखें नीची किए चार कप चाय तिपाई पर रख आया।

"ओ हो हो, क्या वाहियात चाय बनाई है इस बुड्ढे ने," कहकर उस आदमी ने झटके से प्याला सहित चाय नीचे लुढ़का दी। शेष तीनों आदमियों ने उसकी हाँ में हाँ मिलाई, लेकिन चाय सुड़कते रहे।

अब जाकर चाय वाले ने आँख उठाई और क्रोध से बड़बड़ाते उस आदमी ने भी चाय वाले को देखा और आश्चर्य से बोल उठा—

"अरे, आप मास्टर साहब!" और मास्टर चन्द्रभान पांडेय ने देखा कि वह आदमी और कोई नहीं उसके इलाके के एम. एल. ए. जंगबहादुर यादव हैं। उनकी आँखें शर्म से झुक गईं और झुकी हुई आँखें पोर-पोर फटी हुई खादी की धोती के बड़े-बड़े सुराखों में उलझ गईं।

यादव जी ने एक ठहाका लगाया, "अच्छा मास्टर जी, आपने अब यह धन्धा भी शुरू कर दिया। ठीक है आदमी को कुछ-न-कुछ करते रहना चाहिए। पैसा बड़ी चीज है। मेरे लायक कोई सेवा हो तो कहिएगा, मास्टर जी।" फिर एक ठहाका लगाया और साथ के लोगों ने भी ठहाके का अनुसरण किया। एक ने खुशामद के तौर पर कहा, "अरे यादव जी, आपकी बदौलत जब इस इलाके में सड़क आ रही है तो न जाने कितने लोगों का पेट पलेगा।"

यादव जी ने पाँच रुपये का एक नोट निकाला और मास्टर साहब की ओर बढ़ा दिया।

"मेरे पास खुले रुपये और पैसे नहीं हैं।" मास्टर जी ने कहा।

"अरे तो रखिए, कौन आपसे पैसे वापस माँग रहा है?"

"नहीं, मैं आपसे पैसे लेने का अधिकारी नहीं हूँ। आपने तो चाय पी ही नहीं।"

"अरे तो चाय के पैसे कौन दे रहा है, गुरुजी! इसे गुरु-दक्षिणा समझ लीजिए। रख लीजिए, काम आएगा।"

पांडेय जी तिलमिला गए। हाथ में पाँच रुपये का नोट पकड़े मर्माहत से रह गए। उनके मन में क्रोध का एक बवंडर उठा। आँखों में हिकारत भरे वे यादव जी की ओर बढ़े और पाँच का नोट उनकी ओर फेंककर चिल्लाए, "यादव जी, ये अपने रुपये लेते जाइए, मैं भीख नहीं माँगता।"

लेकिन यादव जी जीप में बैठ चुके थे। मुस्कराकर पांडेय जी और उनके द्वारा फेंके गए रुपये को देखा। जीप भर्र-भर्र करके स्टार्ट हुई और उसकी धूल-भरी हवा में नाचता हुआ नोट थोड़ी दूर पर आ गिरा।

कुछ देर तक नोट धूल-भरी हवा में छटपटाता रहा और फिर शान्त हो गया। पांडेय जी उसे देखते रहे, फिर धीरे-धीरे आगे बढ़े और धूल झाड़कर नोट उठा लिया। आखिर किया क्या जाए!

गोरे बदन, चौड़े माथे, श्वेत केशवाले पांडेय जी खादी की एक जीर्ण-शीर्ण धोती पहने और उसी का आधा भाग नंगे शरीर पर डाले हुए अपनी झोंपड़ी के आगे पड़ी बेंच पर बैठे-बैठे उदास हो चले थे। उनके चन्दन-चर्चित ललाट की सिकुड़न भरी रेखाओं में यादव जी की जीप

से उड़ी हुई धूल समा गई थी। सोच रहे थे—

यादव उसे अपमानित कर गया। वह पहले ही कहता रहा कि यह काम उससे नहीं होगा। वह ब्राह्मण, पुराना कांग्रेसी, स्कूल का शिक्षक। क्या बुढ़ौती में छोटी जातियों के लोगों की तरह चाय-पकौड़ी और सुरती बेचना ही उसकी तकदीर में रह गया था। उसने कितना मना किया लेकिन अपनी सन्तान के आगे किसका वश चलता है। रमेश जिद कर गया और कुछ लोगों ने उसकी हाँ में हाँ मिला दी।

"पर्र..." पांडेय जी उदास हो आए। हाथ लगाकर देखा—-खादी की धोती चूतड़ पर फिर फट गई थी। धोती क्या है जैसे चीथड़ों का जोड़। खादी उसे बेपर्द करके छोड़ेगी। अब वह क्या करे? इसी धोती को वह इधर से उधर और उधर से इधर करके पहनता रहता है। सभी जगह से तो यह फट चुकी है, अब इधर से उधर करने के लिए भी तो नहीं बची। रमेश कहता है, "छोड़िए खादी-वादी, पिताजी। मिल की धोती मजबूत और सस्ती होती है। वह इस तरह जगह-जगह धोखा नहीं देती।"

वह कब से सुन रहा है रमेश की बात को और सोचता है ठीक ही तो कहता है रमेश। लेकिन अब क्या बदलना? अब तो जिन्दगी बीत चली, इस बुढ़ौती में क्या नियम भंग करना? ...लेकिन वह कहाँ से खरीदे खादी की धोती। एक मोटी धोती भी तेरह-चौदह रुपये से कम में नहीं आती, फिर उसके साथ कुरता-टोपी, चादर-तौलिया सभी तो लगे हुए हैं। इतने में तो मिल के मोटे कपड़ों के कई-कई सेट आ जाएँगे और चलेंगे भी ज्यादा।...फिर भी जी नहीं मानता। अब जीना ही कितने दिन है।...लेकिन जी के मानने-न-मानने का ही सवाल तो नहीं है। उसे स्कूल से रिटायर हुए पाँच वर्ष हो गए, खेत के नाम पर तीन बीघे खेत—वो भी बाढ़ग्रस्त कछार के खेत। छह-सात आदमियों का गुजर-बसर कैसे हो? महेश तो पढ़-लिखकर परिवार सहित शहर चला गया नौकरी करने। उसका अपना ही गुजर-बसर मुश्किल से होता है। छोटा लड़का रमेश बहुत ढकेलने पर भी आठवीं पार नहीं कर सका। लिपट गया खेती-बारी में। उसके तीन बच्चे हैं, दोनों जून भरपेट खाना तो मिलता नहीं, ये खादी के कपड़े कहाँ से आएँ?

दुकान के सामने से लोग आ-जा रहे थे। पांडेय जी ने झोंपड़ी के पीछे जाकर धोती इधर-उधर करने की बहुत कोशिश की लेकिन अब उन्हें कोई गुंजाइश नहीं दीखी। उन्हें क्रोध हो आया कि इस ससुरी धोती को फाड़-फूड़कर फेंक दे और नंगा हो जाए।...अरे नंगा तो हो ही गया है। चाय की दुकान खोलकर कम नंगा हुआ है? हर परिचित आदमी एक व्यंग्यमयी दृष्टि से उसे देखता है और अजब-अजब सवाल करता है और तिस पर यह यादव का बच्चा उसे इतना अपमानित कर गया। उसे इतना क्रोध आया कि इस यादव के बच्चे को फिर एक बार बेंच पर खड़ा करके उसके चूतड़ पर बेंत लगाए, लेकिन अब तो वह एम.एल.ए. हो गया है, छात्र नहीं रहा। वह अपना क्रोध अपने भीतर ही दबाए सुलगने लगा था। लेकिन उसे एक बात से बड़ी राहत मिली कि उसने इस एम.एल.ए. के बच्चे को स्कूल में कई बार बेंच पर खड़ा कर बेंत से पीटा है। अब भी उसके चूतड़ पर बेंत के निशान होंगे। धीरे-धीरे स्कूल के दिन उसके सामने सरक आए। तब कौन जानता था कि यह जंगली आगे चलकर जंगबहारदुर यादव एम.एल.ए. बन जाएगा। क्लास में सबसे बोदा लड़का यही था। इसे हर रोज मार पड़ती थी। कई बार तो इसने लड़कों के चाकू, दवात, पेंसिलें चुरा ली थीं और उसने इसे बेंच पर खड़ा करके बहुत पीटा था। एक बार तो इसने गांधी जी की तसवीर दूसरे लड़के की किताब से फाड़ ली थी और उस पर पेशाब कर दिया था। फिर तो उसने इसे स्कूल से ही निकाल दिया था। बाद में लोगों के कहने-सुनने पर वापस ले लिया था।...अब वह बड़ा नेता बन गया है। पता नहीं इस देश में कैसे इतने बड़े-बड़े चमत्कार हो जाते हैं।...उसे लगता है कि लोग कहाँ से कहाँ पहुँच गए और वह खादी की फटी धोती पकड़े बैठा हुआ है।

शाम को रमेश आया और दोनों आदमी दुकान उठाकर घर ले गए।

"मुझसे यह नहीं होगा, रमेश।" पांडेय जी थके-थके-से बोले।

"क्यों पिताजी?"

"लोग मुझे बहुत छोटी नजर से देख रहे थे आज। मैं लोगों की निगाह नहीं झेल पा रहा था।"

"हाँ पिताजी, भूख से भारी लोगों की निगाह ही होती है न। तो ठीक है, हम लोगों की निगाहें क्यों झेलें, भूख ही झेलें।"

बीच में एक चुप्पी पसर गई।

"बैठने को तो मैं बैठता, देखता—कौन साला मेरा अपमान करता है लेकिन फिर खेती-बारी चौपट हो जाएगी।"

पांडेय जी कुछ नहीं बोले।

"कुछ मिला, बाबूजी?"

"हाँ, दो रुपये कमाई के और पाँच रुपये गुरु-दक्षिणा के।"

"गुरु-दक्षिणा कैसी?"

पांडेय जी ने यादव की कहानी सुना दी।

"अरे तो इसमें इतना आहत होने की कौन बात है, बाबूजी! सौ हम लोगों से खाता है पाँच दे ही गया तो क्या हो गया?"

पांडेय जी ने रमेश को मार खाई हुई दृष्टि से देखा। रमेश हँस रहा था।

रात को पांडेय जी लेटे तो बड़ी बेचैनी अनुभव कर रहे थे। वे अपने से ही पूछ रहे थे—क्यों भाई आदर्शवादी कांग्रेसी, तपे हुए शिक्षक, नशाखोरी के दुश्मन! तुम्हारी यही परिणति होनी थी। जिन्हें तुमने जीवन-भर ज्ञान पिलाया क्या उन्हें अब चाय-पकौड़ी खिलाओ-पिलाओगे? जिनके सामने नशा के विरुद्ध बोलते रहे, उन्हीं के लिए सुरती तौलोगे? नहीं-नहीं, यह नहीं होगा।

वह कब से सोच रहा था कि काश, इस पिछड़े हुए कछार में भी एक सड़क आती। लेकिन सारी-की-सारी सरकारें तो सोई हुई हैं इस कछार की ओर से आँख फेरकर! सड़कें तो दुनिया में कितनी हैं लेकिन अपने जवार में सड़क आने का और उस पर यात्रा करने का सुख कुछ और ही होगा! कितना प्यारा अनुभव होगा नदियों-नालों, खन्दकों-खाइयों के ऊपर से भागती सड़क का यात्री होने का। कितनी सुविधाएँ बढ़ जाएँगी। लेकिन तब उसने कहाँ सोचा था कि सड़क के आने का कोई और मतलब भी हो सकता है।

और जब कच्ची सड़क पक्की सड़क बनने लगी तो रमेश ने कहा, "बाबूजी, कच्ची सड़क पक्की सड़क बन रही है—यह बहुत अच्छा

हुआ। अपना एक खेत सड़क के किनारे ही है और उसी के पास बस अड्डा भी बनने वाला है। हम क्यों न वहाँ कोई दुकान खोल दें? शुरू में चाय की दुकान खोली जाए और कुछ सुरती की गाँठें वहाँ रख दी जाएँ। रास्ता तो चालू है ही, अब सड़क बन रही है वह और चालू हो जाएगी और बहुत से मजदूर काम पर लगेंगे।"

"अच्छा देखा जाएगा?" टालने की गरज से पांडेय जी ने कहा।

"देखा नहीं जाएगा, अभी शायद किसी के दिमाग में यह चीज आई नहीं है, बाद में तो सभी भरभराकर दुकानें खोल देंगे। हमें सबसे पहले अपनी दुकान जमा लेनी चाहिए।"

एक चुप्पी छायी रही।

"इस बुढ़ौती में आपको खेती-बारी के काम करने पड़ते हैं, इससे अच्छा होगा कि आप दुकान पर बैठें। आराम से आपके दिन भी कट जाएँगे और चार पैसे की आमदनी भी हो जाएगी।"

"क्या कहते हो—अब मैं दुकानदारी करूँगा?" वह तैश में उठा था तो उसकी धोती फट गई थी।

और जब रोज-रोज रमेश के विचार उसके दिमाग से टकराने लगे तो एक दिन दुखी मन से स्वीकृति दे दी। बनती हुई सड़क के पास वाले खेत में एक झोंपड़ी पड़ गई, कुछ सुरती के पत्ते तथा चाय के सामान रख दिए गए। वह आज पहली बार दुकान पर बैठा था।

लेकिन नहीं, वह कल दुकान पर नहीं जाएगा। उसका रोम-रोम परिताप से सुलग रहा है, गरीब हुआ तो क्या—इस बुढ़ौती में अपनी आबरू बेचेगा! करवट ली तो धोती फिर पर्र से बोल गई। अब नंगा होकर घर तो रह सकता है लेकिन क्या दुकान पर भी जाएगा इसी रूप में?

सुबह हुई तो रमेश दुकान का सामान लिये हाजिर हो गया। पांडेय जी अधनंगे लेटे रहे।

"बाबूजी, दुकान नहीं जाइएगा?"

पांडेय जी की इच्छा तो हुई कि कह दें—नहीं जाऊँगा। लेकिन कह नहीं सके। दर्द-भरी आवाज में बोले, "नंगा ही जाऊँ क्या?"

सामान नीचे रखते हुए रमेश भारी मन से बोला, "अब क्या कहा जाए! कुछ रुपये इकट्ठे हो जाएँ तो आपके लिए खादी की एक धोती ला दूँ। खादी भी कितनी महँगी हो गई है!"

पांडेय जी ने देखा कि रमेश के बच्चे फटे-पुराने नेकर पहने उसके सामने से स्कूल चले गए। उन्हें एक चोट-सी लगी—क्या वह इतनी महँगी खादी की धोती पहनकर बच्चों को नंगा रखेगा? आज तक तो उसने यही किया। उसे क्यों नहीं मालूम हुआ कि खादी-खादी में भेद होता है। एक खादी उसकी है, एक यादव जी की। यादव ही खादी पहनने का हकदार है क्योंकि उसके शरीर पर खादी का विकास हुआ है और वह? वह नहीं; उसके शरीर पर तो खादी फटती ही चली गई है।

रमेश सामान लिये अन्दर जा रहा था कि पांडेय जी ने पुकारा—

"रमेश!"

"हाँ, बाबूजी!"

"तुम्हारे पास एक के अलावा कोई साबुत धोती है?"

"हाँ, है बाबूजी!"

"लाना तो, बेटे!"

रमेश ने व्यथा, आश्चर्य और प्रसन्नता-मिश्रित आँखों से पिता को देखा। पिता ने दूसरी ओर मुँह फेर लिया था।

और कुछ देर बाद पांडेय जी रमेश की धोती पहनकर रमेश के पीछे-पीछे दुकान की ओर चले जा रहे थे।

मुर्दा मैदान

भों...भों...भों

घुर घुर...घुर घुर...

काँव...काँव...काँव

फड़...फड़...फड़ड़

टेंअ...

रिंग रोड है यह। वजीरपुर से मील-भर आगे बढ़ने पर नाक में एक तेज दुर्गंध [illegible] पड़ती है। एक सड़ी हुई दुर्गंध और आदमी तिलमिला उठता है, नाक पर रूमाल रख लेता है और चाहता है कि उसकी बस या स्कूटर या टैक्सी जल्दी से यह जगह पार कर जाए और पार करने के बाद भी वह इसी प्रभाव से तिलमिलाता रहता है।

हाँ, यह शहर की दुर्गंधशाला है। दूर-दूर तक एक खाली मैदान (जो पहले नीची जमीन था और अब काफी ऊँचा-नीचा और ऊबड़-खाबड़ हो गया है) में सैकड़ों जानवरों के नये-पुराने मुर्दे पड़े हैं, उनके कंकाल, उनकी टूटी-फूटी हड्डियाँ बिखरी हुई हैं। ट्रकों में लद-लदकर शहर का कूड़ा आता है और हवा के ऊपर अपनी सीलन-भरी दुर्गंध लादकर मीलों बिखेर देता है। जगह-जगह गन्दे गड्ढों में काई-भरा पानी जमा है जिसके किनारे-किनारे अनेक लोग नंगे बैठे हुए हैं।

भों...भों...भों...किऊँ किऊ...

घुर-घुर-घुर...चोंय...चोंय...चोंय

काँव...काँव...काँव

टें अ-अ...

फड़ड़...फड़ड़...फड़ड़...फड़ड़

बड़े-बड़े गिद्ध पंख फड़काते हैं, मुर्दे को खींचते हैं, नोचते हैं, और पंख फैला-फैलाकर लड़ते हैं फिर चुप होकर बैठ जाते हैं किसी नये मुर्दे की तलाश में।

इस गन्दे मैदान में अनेक पेड़ हैं जो ठूँठ हो चुके हैं। कुछ सरकारी मकान हैं। गिद्ध इन्हीं पेड़ों और मकानों की छतों पर सैकड़ों-हजारों की संख्या में बैठे हुए नये मुर्दे का इन्तजार करते हैं।

अगस्त की दोपहर है। काफी दिनों से पानी नहीं बरसा है, तेज धूप और पसीने की चिपचिपाहट के कारण आदमी अपनी ही दुर्गंध नहीं सँभाल पाता, इस मुर्दा मैदान को कहाँ तक सँभालेगा! हर व्यक्ति को लगता है कि वह जल्दी यहाँ से निकल जाए नहीं तो दुर्गंध से मूर्च्छित हो जाएगा लेकिन आखिर इस मुर्दा मैदान में फेंका गया कूड़ा और दुर्गंध भी तो

इन्हीं आदमियों की है, लेकिन कोई बात नहीं। इन्हें निकल जाने दीजिए कुछ और लोग हैं जो इस कूड़े के साथी हैं।

इनका कूड़ा लिये कई ट्रकें एक साथ आईं और इस मैदान में उसे उँडेलने लगीं। पीठ पर छोटी-बड़ी बोरियाँ लटकाए कुछ छोटे-बड़े लड़के-लड़कियाँ, कुछ मर्द, कुछ औरतें दौड़कर आए और इस कूड़े के ढेर में कुछ खोजने लगे।

कुछ शीशे के टुकड़े।

कुछ लोहे और प्लास्टिक के टुकड़े।

कुछ कागज के टुकड़े।

सिगरेट की खाली डिब्बियाँ।

कुछ कपड़े के टुकड़े।

"अबे साले यह लोहा तो मुझे मिला है।"

"नहीं, नहीं, मुझे मिला है।"

"मुझे मिला है।"

"मुझे मिला है।"

दो लड़कों में लोहे के एक टुकड़े के लिए तकरार हो गई। एक लड़का बारह साल के आसपास था, उसका नाम था भोला। दूसरा सोलह साल का होगा, नाम हट्टी था। दरअसल यह लोहे का टुकड़ा (जो काफी अच्छा टुकड़ा था) छोटे को ही मिला था किन्तु पास खड़े बड़े लड़के ने झपटकर वह लोहा पकड़ लिया और अपना अधिकार जताने लगा। भोला यह टुकड़ा पकड़े-पकड़े रोने लगा। हट्टी ने लात से अलंगी मारकर भोला को गिरा दिया और जोर से लोहा उसके हाथ से खींच लिया जिससे भोला के हाथ में खरोंच आ गई और खून चिपचिपा आया। वह रोने लगा। आसपास के लोगों ने दोनों को गालियाँ दीं, "अरे नरक के कीड़ो, नरक में भी आकर लड़ते हो। जिसे लोहा मिला हो वह ले ले।"

"देखो न ताऊ, यह साला न जाने आज कहाँ से आ टपका और मेरे हाथ से यह लोहा छीनने लगा।" हट्टी ने पास खड़े एक अधेड़ से कहा।

"क्यों रे! तू कौन है, कहाँ से आ गया रे हरामजादा! देख न मीलों कूड़ा फैला हुआ है, कूड़े के लिए लड़ाई क्यों करता है?"

भोला ने रुआँसा होकर कहा, "नहीं ताऊ, मैं नहीं लड़ाई कर रहा हूँ। लोहा मैंने ही पाया है।"

"जा-जा, भाग जा, घूम-घामकर कूड़ा बीन।"

भोला खून से चिपचिपाती अँगुली का खून पोंछता हुआ अलग हट गया और कूड़े के ढेर पर रेंगने लगा।

चलती-फिरती काली-काली फटी-फटी छायाओं से अनेक लोग, गन्दे-फटे पायजामे या मात्र लँगोट, गन्दी-फटी और किसी की उतारी हुई बेडोल बुश्शर्ट या कुर्ते या नंगे शरीर, सिर से पाँव तक बहती हुई मैल की लकीरें, पीठ पर झूलते हुए पुराने बोरे, आँखों में जमी हुई सीलन...

एक फटा कच्छा और किसी का उतारा हुआ झोलदार कुरता पहने भोला मार खाए कुत्ते-सा सबसे अलग टूटे-फूटे टुकड़े बटोरने लगा।

भों-भों, किऊँ-किऊँ...हड्डी के एक टुकड़े के लिए कुत्ता दूसरे कमजोर कुत्ते पर चढ़ बैठा और कुत्ता किऊँ-किऊँ करता हुआ दूर भाग गया।

घुर-घुर-घुर...चोंय-चोंय-चोंय

गन्दगी के लिए कई सूअर आपस में लड़ने लगे।

फड़ड़...फड़ड़...फड़ड़...फड़ड़...

नये फेंके गए घोड़े की लाश के लिए गिद्ध लड़ रहे थे, बड़े गिद्ध छोटे गिद्धों को खदेड़ देते थे।

टें अँ-अँ...चीलें जूझती हुई झपाटे मार रही थीं।

काँव...काँव...काँव...

कौए मांस के लिए शोर करते हुए आपस में लड़ रहे थे। भोला यह सब देख रहा है। आदमी भी तो लड़ता है आदमी से इन टुकड़ों के लिए। बड़ा छोटे को दबोच लेता है। उसने देखा—दूर फिर दो लड़कों में लड़ाई हो रही थी।

"स्साले..." बुदबुदाकर वह चीजों की खोज करने लगा। कैसी अजीब लग रही है मुर्दों और कूड़े की यह दुनिया। वह आज पहली बार आया है यहाँ। उसे महसूस होता है कि पसीने की काली-काली लकीरें चेहरे से फूटकर छाती पर होती हुई चली आ रही हैं। वह अपना झल्लड़

कुर्ता उठाकर मुँह पोंछ लेता है। कुर्ते को छाती पर रगड़कर छाती की लकीरें साफ कर लेता है। खड़ा होकर आँखें उठाकर चिलचिलाती धूप में दूर तक देखता है फिर डगमगाता हुआ सरकने लगता है।

हाँ, वह पहली बार आया है यहाँ। कई दिन का बासी पाव रोटी का एक टुकड़ा सामने पड़ा हुआ है—गन्दा काला-सा। भोला उसे देखता है... उसके खाली पेट में ऐंठन तेज हो जाती है, जबान में पानी आ जाता है, पिछले कई खाली दिन हहराते हुए उसके भीतर से गुजरने लगते हैं। कुछ देर तक उस टुकड़े को घूरते रहने के बाद अपने को धिक्कारता है—छिः, जिसे चील, कौए, कुत्ते और सूअर भी नहीं छू सके उसे वह उठाकर पेट में झोंके। उसने आगे बढ़कर उस टुकड़े को पाँव से रौंद-रौंदकर और भी गन्दा कर दिया और कूड़े में गाड़ दिया।

धूप बहुत तेज हो गई थी। पसीने की काली-काली लकीरों से उसका काला चीकट शरीर भर गया था और उसका फटा हुआ कुर्ता भी पसीना पोंछते-पोंछते भीग गया था, और भी गन्दा लग रहा था। धीरे-धीरे सरकता हुआ वह एक ठूँठ बबूल की डाल की छाया में बैठ गया।

हाँ, आज वह पहली बार आया है। उसकी पढ़ाई छूट गई, हाँ छूट ही गई समझो। वह नगर-निगम के स्कूल में पढ़ता था। बाबू कहते थे—देख भोला, खूब मन लगाकर पढ़, मैं तुझे बड़ा आदमी बनाऊँगा। देखता है न—तेरी माँ दवाई के बिना मर गई। जिन्दगी-भर बनते हुए मकानों को ईंट-गारा ढोती रही और वह एक दिन ईंट-गारा ढोकर जाड़े की शाम को घर लौट रही थी तो पानी बरसने लगा। रास्ते में किसी ने अपने बरामदे में बैठने तक न दिया। वह एक पेड़ के नीचे भीगती रही। उसे निमोनिया हो गया। दवाई के पैसे नहीं थे, तड़प-तड़पकर मर गई। इतने दिनों से हम दोनों हाड़ पेर-पेरकर मजूरी करते रहे, लेकिन दवाई के लिए चार पैसे भी नहीं बचा सके। इस महँगाई के जमाने में रोज आधा पेट भोजन मिल जाए, यही बहुत है। बेटे, जो नरक हमने भोगा है उसे तू भी भोगे, यह नहीं होने दूँगा। मन लगाकर पढ़ और बहुत बड़ा आदमी बन।

भोला की आँखें गीली हो आईं। बाबू कितने अच्छे हैं। माँ न रहने पर भी उन्होंने उसको और उसकी बड़ी बहन लछमी को कितने प्यार

और दुलार से पाला-पोसा। दिन-भर यहाँ-वहाँ मजूरी करते, थककर आते तो उससे पढ़ने-लिखने के बारे में पूछते। लछमी अब बड़ी हो गई थी, धीरे-धीरे काम पर जाने लगी थी। बाबू का बोझ थोड़ा हल्का हो रहा था। बाबू कहते थे कि एकाध साल में इसकी शादी कर दूँगा। शादी का नाम लेते ही उनकी आँखें खुशी से चमक उठतीं, फिर धीरे-धीरे आँसू से भीग जातीं। बाबू बार-बार कहते—लछमी ठीक अपनी माँ को पड़ी है, एक दिन यह भी छोड़कर चली जाएगी। लेकिन ठीक है, लड़की का असली घर तो उसकी ससुराल है। दूसरे की धरोहर जितनी जल्दी उसे दे दो उतना ही अच्छा है।

बाबू कितने अच्छे हैं। सारे दोस्त कहते हैं कि उनके बाप उन्हें बहुत मारते हैं। उनकी आँखों में हमेशा एक डर बना रहता है लेकिन उसके बाबू! एक दिन लछमी काम से नहीं लौटी तो वह घबरा गया। बाबू देर से आते थे। उसके बारे में उसने बताया तो वे भी बहुत घबरा गए। जहाँ वह काम पर जाती थी वहाँ दौड़े-दौड़े गए लेकिन वहीं मालूम हुआ कि सारे मजदूर तो कब के जा चुके हैं। बाबू ने दो-चार पड़ोसियों को लिया, इधर-उधर खोजने के बाद थाने में रपट लिखाने गए। बाद में मैंने सुना कि दीवान ने गाली देकर भगा दिया, "अबे जा साले, तेरी बेटी कोई हूर नहीं है कि कोई उड़ा ले जाएगा। चले आते हैं रात-बिरात जान खाने।"

बाबू रात-भर रोते रहे, चौंक-चौंककर इधर-उधर देखते थे। दूर से आने वाली आहट को सुनकर कुछ देखने की कोशिश करते थे। कभी-कभी बाल नोचते थे, उन्हें देखकर डर लग रहा था।

कई दिन तक कोई खबर नहीं मिली। बाबू काम पर नहीं गए, घर में कुछ बना नहीं। आसपास के लोग कभी-कभी कुछ खाने को दे जाते और वह स्कूल चला जाता। एक दिन एक पड़ोसी ने आकर बताया कि उसने लछमी की लाश सड़क पर पड़ी देखी है। भीड़ जमा थी। पुलिस वहाँ खड़ी-खड़ी पूछताछ कर रही थी। मैंने पहचान तो लिया लेकिन बताया नहीं। पुलिस वालों का चक्कर बड़ा पेचीदा होता है। भागा-भागा आया हूँ, तुम्हें जो करना है करो।

बाबू चिंघाड़ मारकर गिर पड़े। होश आया तो दो-एक पड़ोसियों को देखकर लछमी की लाश की ओर जोर से भागे। वहाँ से लाश थाने जा चुकी थी। वहाँ से लौटने पर एक पड़ोसी वहाँ का समाचार बता रहे थे। सुनकर लगा कि पुलिस तो सचमुच ही राक्षस है। बस चले तो इन राक्षसों को गोली मार दी जाए। हाँ, बता रहे थे कि थानेदार और दीवान ने कहा कि तुम्हारी लड़की ने आत्महत्या की है तुम्हारे जुल्मों से तंग आकर। हम तुम्हें फँसाएँगे। बाबू बहुत गिड़गिड़ाए, "नहीं हजूर, मैं तो अपनी बिटिया को अपनी आँख की पुतली समझता था। मैं भला क्यों जुल्म ढाऊँगा? मैं तो जिस दिन यह गायब हुई उसी दिन रपट लिखाने आया था, आप लोगों ने रपट नहीं लिखी।"

"किसने रपट नहीं लिखी, झूठे इल्जाम लगाता है!" दरोगा तड़पा। बाबू ने दीवान की ओर इशारा करना चाहा लेकिन दीवान की आँखों को देखकर वे डर गए। पड़ोसी चाचा ने बाबू के कान में कहा, "चुप रहो, बहस मत करो, कुछ ले-देकर छुट्टी करो। यह पुलिस का जाल है, उलझते ही जाओगे।"

बाबू तड़प उठे थे, "मेरी लड़की की जान लेने वाले भेड़ियों को पुलिस नहीं पकड़ती, उलटे मुझी को फाँसने की धमकी दे रही है। मेरी बेटी गई, इज्जत गई और अब मेरे ऊपर कलंक लगाया जा रहा है कि मेरे जुल्म से तंग आकर बेटी ने अपनी जान दी है। वाह रे इंसाफ!" बाबू रोने लगे थे लेकिन उन्हें क्या मालूम कि वे भेड़ियों के सामने रो रहे हैं। पुलिस वालों ने उन्हें कमरे में बन्द कर दिया और पीटने लगे। और जब बाबू ने कहीं कुछ न कहने का वचन दिया तो उन्हें छोड़ा गया।

वे देर से घर पर लौटे। उन्हें देखकर डर लगा। उनकी देह पर बेंत के निशान थे, उनकी आँखों में खून की लाली जम गई थी जिसमें से एक डर झाँक रहा था। कुछ देर खड़े-खड़े वे उसकी ओर देखते रहे जैसे पहचानते ही न हों। फिर एकाएक झपटकर उसे गोद में भर लिया और दहाड़ मारकर रो पड़े। वह भी फूट-फूटकर रोने लगा। आसपास के लोग भी आ गए और रोने लगे और पुलिस के जुल्म की बात बकने लगे।

पड़ोस का नौजवान मलखा कमरे में बन्द शेर की तरह एक ही

जगह चहलकदमी करने लगा। उसकी आँखों से आग बरस रही थी। गुर्राकर बोला, "यह किसी का काम नहीं है, पुलिस वाले ही लड़की को उड़ाकर ले गए थे। उनके कुकरम से जब वह मर गई तो उसके अंग काट-काटकर सड़क पर फेंक दिया ताकि मालूम हो कि वह बस से कुचलकर मर गई है।"

"नहीं, नहीं, ऐसा नहीं होगा, इसे गुंडे उठा ले गए होंगे।" कई बुजुर्ग आवाजों ने एक साथ कहा—जैसे वे पुलिस पर लांछन लगाने मात्र से डर गए हों।

"हाँ, हाँ, और वह भी पैसे वाले गुंडे," कुछ और लोगों ने कहा।

"कोई भी ले गया हो, पुलिस गुनाह से बरी नहीं हो सकती। चाहे उसने खुद कुकरम किया हो, चाहे गुंडों से करवाया हो, एक ही चीज है।" मलखा फिर गुर्राया। उसकी आँखों में से जैसे आग निकल रही थी।

"अरे देख रे मलखा, इतनी आग मत मूत। कोई जाकर कह देगा या पुलिस अपने आप सुन लेगी तो तेरी खैर नहीं। पुलिस तुझे किसी जुल्म में फाँसकर बरबाद कर देगी।"

"यही तो बात है यारो, तुम सभी डरपोक हो और एक-दूसरे से कटे हुए हो। इसलिए तो यह हरामजादी पुलिस जो चाहे सो कर लेती है। बाप से बेटी को छीनकर बाप को मारती है। पैसे वाले गुंडों की गुंडई की सजा हम लोगों को देती है और हम अलग-अलग चुपचाप सह लेते हैं। संगठन करके तो देखो कैसी आग फूटती है तुम लोगों के भीतर से। वह आग पुलिस नहीं, पुलिस के बाप को भी न झुलसाकर रख दे तो मेरा नाम मलखा नहीं।"

लोग डर के मारे धीरे-धीरे वहाँ से सरक गए। मलखा बहुत देर तक वहाँ चुपचाप आँखों से गुर्राता रहा। फिर बोला, "अच्छा चाचा, मैं देखता हूँ साली पुलिस को। मैं अपने यूनियन के दफ्तर में जा रहा हूँ, पुलिस की ऐसी-तैसी करके नहीं रख दी तो मेरा काम मलखा नहीं।"

मलखा चला गया। बच गए बाबू, टूटा-सा झोंपड़ा और वह। बाबू रह-रहकर रो पड़ते थे फिर चुपचाप फटी-फटी आँखों से सामने की ओर देखने लगते थे—

धीरे-धीरे बाबू बीमार पड़ गए। पहले तो बीमारी की हालत में काम पर गए लेकिन जब खाट पकड़ ली तो काम पर जाना बन्द हो गया। उससे कहते, "तू स्कूल जा बेटा, पढ़ाई मत छोड़।" वह मरे मन से स्कूल जाता रहा। कुछ दिन तक तो यों चला। घर में बिक सकने वाले जो सामान थे वे काम देते रहे। फिर? फिर क्या हो? फाकामस्ती होने लगी।

"बाबू, मैं पढ़ने नहीं जाऊँगा। मैं मिहनत-मजूरी करूँगा।" उसने एक दिन बाबू से कहा।

बाबू ने उस दिन कुछ नहीं कहा। वह समझ गया कि अब उसे पढ़ाने की जिद बाबू में बाकी नहीं है फिर भी तकलीफ से बोले, "तू इस छोटी उमर में क्या करेगा रे?" फिर कुछ देर तक चुप रहे और फिर बीमार आँखों में प्यार भरकर देखते रहे, फिर बोले, "अच्छा, तू यह क्यों नहीं करता कि दोपहर तक तू उस कूड़ाखाने में लोहे, प्लास्टिक, कागज आदि के टुकड़े बटोरे, फिर उसके बाद स्कूल चला जाया कर। इन टुकड़ों को बेचने से कुछ पैसे बन जाएँगे, काम चल जाएगा, फिर मैं अच्छा हो जाऊँगा तो चिन्ता नहीं रहेगी।"

"काम क्या चल जाएगा? लेकिन हाँ, कुछ चल ही जाएगा।" सोचकर वह तैयार हो गया। वह जानता था कि अब पढ़ाई नहीं हो पाएगी। इन टुकड़ों से मिलेगा क्या? पढ़ाई छोड़कर पूरे दिन की कोई मजदूरी करनी ही होगी। यही सोचता हुआ आज पहली बार यहाँ आया है। इतवार होने से आज छुट्टी है, कल देखा जाएगा।

भों...भों...भों...किउँ-किउँ-किउँ...

घुर-घुर-घुर...चोंय-चोंय-चोंय...

फड़ड़...फड़ड़...फड़ड़...

टें अँ...

उसने आँख उठाकर देखा—चारों ओर लड़ाई जारी है छोटे-बड़े की। उसे सिर पर धूप महसूस हुई। उसने देखा कि ठूँठ डाल की छाया उसके ऊपर से सरक गई है...ओफ कुछ और बटोरना चाहिए—वह फिर यहाँ-वहाँ टुकड़ों की तलाश में सरकने लगा। सरकता-सरकता सड़क की ओर आ गया। अरे इतने पुलिस वाले। पुलिस को देखते ही उसके

अन्तर्मन में जमा हुआ डर ऊपर आ गया। 'अरे इतने पुलिस वाले।' वह अपने आपसे कहने लगा।

'हाँ बेटे, इतने पुलिस वाले।'

उसने मुड़कर देखा—वही लड़का जिसने उससे लोहे के टुकड़े के लिए लड़ाई की थी।

वह भय से भनभना गया।

अरे बेटे देखते नहीं, कितनी चहल-पहल है आज इस मुर्दाघर के पास वाली सड़क पर भी। अरे तू जानता नहीं है कि आज वजीरपुर में कोई जलूस है। उसमें बड़े मंत्री जी आ रहे हैं। सुना है वे रोहतक गए हैं वहीं से यहाँ आएँगे। अरे जानता नहीं चुनाव पास आ रहा है। देख इसीलिए इतनी पुलिस खड़ी है, तमाम मोटरों वाले सब आ-जा रहे हैं। पों-पों-पों-पीं-पीं-पीं। अरे साले सभी चोर-बजारिये यहाँ इकट्ठा होंगे। पों-पों-पों पीं-पीं-पीं वह मुँह से आवाजें करता नाचने लगा। भोला को हँसी आ गई।

"तेरा नाम क्या है रे?" उसने पूछा।

भोला ने एक बार उसे घृणा और क्रोधमिश्रित दृष्टि से देखा, फिर धीरे से बोला, "भोला।"

"भोला? हा-हा-हा-हा तू सचमुच भोला है। मेरा नाम हट्टी है। तू मुझसे नाराज हो गया है रे? मैंने तेरा टुकड़ा छीन लिया था न।"

भोला ने नहीं में सिर हिला दिया। इस पर हट्टी ने उसे हल्का-सा धौल जमाते हुए कहा, "क्यों बे साले, तू नाराज क्यों नहीं है? मैंने तेरा लोहा छीन लिया और तू नाराज भी नहीं है। तुझे नाराज होना चाहिए। यही तो ऐब है अपने लोगों में कि हम लोग अपना हक छीनने वालों से नाराज नहीं होते। बोल तू नाराज है न, नहीं तो मैं फिर मारूँगा। बोल-बोल..."

भोला ने 'ना' में सिर हिला दिया और कहा, "तो हाँ मुझे मार।" वह भीतर से इस आदमी के प्रति खिलता आ रहा था।

हट्टी खिलखिलाकर हँस पड़ा, "तू मेरा दोस्त बनेगा?"

"हाँ," भोला ने कहा।

"तो ले, अपना लोहा ले। और भूख लगी है न।"

भोला ने संकोच से ना में सिर हिला दिया।

"अबे ओ हरामी, तुझे भूख क्यों नहीं लगी है, तेरा बाप तुझे रोटी खिला गया है क्या? तीन-चार बज रहे हैं, तू साला कोई देवता है कि हवा पीकर भूख मिटा लेगा। ले, खा।" कहकर उसने अपने फटे लम्बे कुरते के पॉकेट में से एक कागज में लिपटी कुछ मोटी-मोटी रोटियाँ निकालीं। भोला की ओर बढ़ाते हुए कहा, "ले खा।"

भोला पहले तो सकुचाया लेकिन रोटियाँ देखते ही उसके भीतर का ज्वालामुखी उबल पड़ा और फिर रोटियाँ तोड़-तोड़कर खाने लगा। भोला ने आकर कागज का वह टुकड़ा उठा लिया जिसमें रोटियाँ लिपटी थीं। उसे पढ़ने लगा, "पाँच लाख लोगों की सभा को सम्बोधित करते हुए मंत्री जी ने घोषणा की है कि हमारी सरकार अमीर-गरीब के भेद को मिटाकर रहेगी। अब अमीरों का जोर-जुल्म नहीं चलने पाएगा। गरीबों को अच्छा खाने-पीने, पहनने, अच्छे मकान में रहने का अधिकार होगा। उनके बच्चों को पढ़ने की सभी सुविधाएँ दी जाएँगी। हमारी सरकार ने इस दिशा में काफी सफलता हासिल कर ली है लेकिन विरोधी दल के लोग अपने राजनीतिक स्वार्थ के लिए सरकार की सफलताओं को नजरअन्दाज करते रहते हैं।"

हट्टी भोला का पढ़ना मुग्ध भाव से देखता रहा फिर प्रसन्न होकर बोला, "अरे, तुझे पढ़ना भी आता है? भोला तू तो बड़ा ही किस्मत वाला है रे! वाह मेरे यार, तू तो पंडित है, फिर क्या करने आया इस मुरदाखाने में? यह तो हम जैसे जानवरों की जगह है रे!"

"नहीं यार हट्टी, मैं बड़ा अभागा हूँ। मैं स्कूल में छठी क्लास में पढ़ता हूँ, मगर अब नहीं पढ़ पाऊँगा।"

"यार भोले, तू पढ़ाई मत छोड़। मेरी कितनी इच्छा थी कि मैं पढ़ पाता लेकिन पैदा होते ही अपने को गरीबी के नरक में पाया। माँ-बाप के होते हुए भी अपने को लावारिस समझता रहा। माँ-बाप भी तो जिन्दा रहते मुर्दा थे। किसी को पढ़ते देखता तो दिल में हूक उठती कि हाय मैं भी पढ़ पाता।" माँ-बाप कहते, "हट्टी यह पढ़ाई-लिखाई हम लोगों के लिए नहीं है, हम लोग तो पैदा होते ही अपने पेट के हौज को भरने के लिए घूरे पर डाल दिये जाते हैं।"

भोला उदास खड़ा रहा। उसे लगा कि हम सबका दर्द एक ही है—वह है भूख का दर्द। उसके आगे और कहीं कुछ नहीं है उनके जीवन में।

"क्या बात है यार?"

"कुछ नहीं हट्टी।"

एक हवाई जहाज आकाश में बहुत नीचे आकर शोर करता उड़ता चला गया। इन्होंने देखा कि कागज़ के बहुत से पन्ने हवा में लहरा उठे हैं जो धीरे-धीरे जमीन पर आ रहे हैं। एक पन्ना भोला के पास भी आकर गिरा। वह उठाकर पढ़ने लगा।

"क्या लिखा है रे?"

"वही यार जो उस अखबार के टुकड़े में लिखा था।"

"यानी कि हम गरीब लोग अमीर हो गए हैं, हमारे पास अच्छे मकान हो गए हैं, हमारे पास खाने-पीने के लिए ढेर सारे सामान आ गए हैं, हम लोग पढ़-लिखकर अफसर बन गए हैं। यही न रे! धत् तेरे की।"

"हाँ हट्टी, यही लिखा है।"

"तब चल प्यारे, हम लोग इस मुरदाखाने में क्यों खड़े हैं? हम लोग तो रईस हो गए हैं!"

हट्टी ठठाकर हँसने लगा फिर एकाएक चुप हो गया।

सड़क पर चहल-पहल बढ़ गई थी। मोटरों का ताँता और भी सघन हो गया था—मिनिस्टर, नेता, सेठ, अफसर आगे चले जा रहे थे।

"अच्छा भाई हट्टी, मैं चला।"

"अरे चले जाना यार, मंत्री जी यहाँ से जाएँगे उनके दरसन तो कर ले।"

"नहीं यार, मुझे अपने बीमार बाबू को देखना मंत्री जी का दरसन करने से ज्यादा जरूरी है, पता नहीं किस हालत में होंगे। मुझे छोड़कर और कोई देखने वाला भी तो नहीं है।"

"अच्छा चल, कल आएगा न?"

"हाँ, हाँ, आऊँगा।"

"अच्छा तो जा, अब मैं भी जाऊँगा। मैं कल तेरी राह देखूँगा।"

दोनों की दिशाएँ अलग-अलग थीं। हट्टी को मुरदा मैदान पार करते

हुए उधर जाना था और भोला को सड़क पार कर दूसरी ओर जाना था। वह सड़क पर पहुँचा तो पुलिस के सिपाहियों ने उसे देखा। एक सिपाही तड़पा—"क्यों रे नरक के कीड़े, तू मंत्री जी को दर्शन देने आया है? भाग साले यहाँ से।"

"हवलदार जी, मुझे सड़क पार कर उधर अपने घर जाना है।"

"अरे हट मेरे पास से, बदबू कर रहा है। पता नहीं कितने दिनों से नहाया नहीं है और पता नहीं किस पाखाने में से कपड़े उठा लाया है। सूअर की तरह इस कूड़ाखाने में लोटकर आ रहा है। जा, घंटा-भर और लोट, जब मंत्री जी चले जाएँगे तब सड़क पार करना।"

भोला भयभीत-सा वहाँ से सरक गया। डर के मारे यह भी नहीं पूछ पाया कि मंत्री जी कब जाएँगे। वह दो पुलिस वालों के बीच सड़क से कुछ फासले पर खड़ा हो गया और कुछ सोचता रहा कि मोटरों का ताँता कुछ कम हो तो झटके से सड़क पार कर जाए। पता नहीं बाबू का क्या हाल है? कुछ देर बाद उसने देखा कि सड़क थोड़ी खाली है। वह झपटकर सड़क पर आया और उस पार को भागा। एक पुलिस वाला गाली देता हुआ दौड़ा तब तक तेजी से आती हुई एक कार कें-कें करती हुई भोला से आ टकराई। भोला एक गन्दे चूहे की तरह उछलकर किनारे जा गिरा। उसके थैले में भरे हुए सारे टुकड़े छितरा गए।

पुलिस वाले ने कार की ओर देखा। कार में से एक चिकना चेहरा झाँकने लगा। पुलिस वाले ने सलूट मारी।

"इस लड़के को कैसे आने दिया तुम लोगों ने?" वह चेहरा शान्त आवाज में गरजा।

"हुजूर, मैंने बहुत रोका, यह हरामी वहाँ खड़ा रहा और छिपकर सड़क पर दौड़ चला।"

"जिन्दा है कि मर गया?"

"अरे ये कहाँ मरते हैं हजूर? आप जाएँ, हम देखते हैं इसका क्या हाल है?"

मिनिस्टर ने ड्राइवर से कार स्टार्ट करने को कहा। कार उड़ चली और कार के पीछे रुका हुआ सम्भ्रान्त प्रवाह बह चला। पुलिस वाला

गाली देता हुआ भोला के पास आया। देखा कि लड़के के सिर से खून बह रहा है और वह बेहोश हो गया है। उस पर पद-प्रहार करने की लालसा सिपाही के मन में ही रह गई। कुछ लोग भोला के पास घिर आए थे और तरह-तरह की बातें कर रहे थे। कुछ लोग कह रहे थे कि यह अभी जिन्दा है। इसे जल्दी से अस्पताल पहुँचाया जाए तो जी सकता है। इसके माँ-बाप को खबर भी की जा सकती है—किन्तु कौन करे। अभी तो इसकी पुलिस जाँच की खाना-पूर्ति होगी। यह जाँच भी मंत्री जी की गाड़ी निकल जाने के बाद ही होगी। तब तक यह गरीब बचेगा भी क्या?

पुलिस का सिपाही सड़क के किनारे अपनी राष्ट्रीय ड्यूटी पर मुस्तैद हो गया था और एक हवाई जहाज फिर कागज के पन्ने बिखेरता ऊपर से शोर करता गुजर गया। पन्ने धीरे-धीरे फटी आँखों की तरह उड़ते इस विराट मुरदाखाने में यहाँ-वहाँ गिर रहे थे...।

सर्पदंश

भवानी बाबा मंत्र के साथ सरसों की मूठ मारते थे और गोकुल गिनगिना उठता था। उसके मुँह से झाग निकल रहे थे। नीम-बेहोशी में उसकी आँखें कभी खुलतीं, कभी बन्द होती थीं। उसके तन पर कुछ नहीं था, केवल कमर में एक गंदी फटी धोती लिपटी थी। आँखों में भय की गहरी पर्त छायी हुई थी। वह अपनी नीम-बेहोशी में ही जाने कितनी चिन्ताओं से गुजर रहा था। जब साँप ने उसे काटा तो उसे अच्छा लगा—चलो, इस नारकीय जीवन का अन्त हुआ और साँप की दवा कराने या झड़वाने के लिए भागा नहीं बल्कि खेत की मेड़ पर ही लेट गया। लेकिन न जाने कहाँ से गाँव का एक आदमी पहुँच गया और मेड़ पर पड़े गोकुल को देखकर पूछा, "कौन हो भाई, यहाँ क्यों सोए हो?"

उसके मुँह से निकल पड़ा, "गोकुल...साँप...।"

"साँप! अरे गोकुल, तुझे साँप ने काटा है और तू यहाँ सोया है?

उठ, उठ, चल चल।" और वह गोकुल को सहारा देकर गाँव ले आया। भवानी बाबा विष झाड़ने के लिए बुलाए गए।

इस जमाने में भी डॉक्टर की दवा न कराकर मांत्रिक से विष उतरवाने की क्रिया हास्यास्पद ही नहीं, खतरनाक भी कही जाएगी। किन्तु मीलों तक इस इलाके में न कोई अस्पताल है, न डॉक्टर। कोई कहाँ जाए? कौन है जिम्मेदार जिन्दगियों के खतरे का?

भवानी बाबा ही डॉक्टर हैं। लोगों का अगाध विश्वास है उन पर। और उन्हें भी अपने मंत्र पर पूरी आस्था है। विश्वास और आस्था का सहयोग ही यहाँ संकट का सहारा बनता है।

हरिजनों के इस बहुत छोटे से टोले में ऊँची जातियों के भी काफी लोग जमा हो गए थे। वे तमाशा देख रहे थे। भवानी बाबा पूरी आस्था से अपना मंत्र चला रहे थे और ऊँची जातियों के कुछ लोग टीका-टिप्पणी कर रहे थे—"लेकिन यह गोकुला इतनी रात गए खेत की मेड़ पर क्या करने गया था। जरूर खेत में चोरी करने गया होगा। अरे, यह जहाँ पड़ा था वह तो प्रधान का खेत है। अरे, यह साला तो जनम का चोर है। तभी तो सरऊ फल भोग रहे हैं। अब करें चोरी।"

"देखिए, आप लोग बकवास मत कीजिए, मुझे अपना काम करने दीजिए। यह नहीं होता कि भगवान से प्रार्थना करें कि यह आदमी जी जाए।" भवानी बाबा झल्लाकर बोले।

लोग चुप तो हो गए किन्तु आँखों में व्यंग्य भरकर मुस्कराते रहे। कुछ यह कहते चले गए, "हुँह, भगवान से प्रार्थना करो। बड़ी कीमती जान है चोट्टे की।"

भादों की रात झाँय-झाँय कर रही थी। भीड़ में एक दीया टिमटिमा रहा था। भीड़ छँटते-छँटते एक-चौथाई रह गई थी। भवानी बाबा का मंत्र स्वर रह-रहकर मुखर हो उठता था और—गोकुल तेजी से जमीन पर हाथ रगड़ता हुआ आगे-पीछे झूमने लगता था। भवानी बाबा के स्वर में थकान उभरने लगी थी। कई घंटे हो गए, गोकुल की स्थिति में सुधार नहीं हुआ। भवानी बाबा भीतर से कहीं निराश होने लगे थे। गोकुल की बीवी छाती पीटकर उसके पास रो रही थी। बच्चे भी चिल्ला रहे थे।

भवानी बाबा ने उन्हें डाँटकर चुप करा दिया और दूर बैठा दिया था।

हवा रह-रहकर तेज हो उठती थी और दीपक की लौ बुझने-बुझने को होकर सँभल जाती थी।

एकाएक गोकुल का सात वर्षीय बेटा चिल्लाता हुआ आया और उससे लिपटकर चिल्ला पड़ा, "बपई, तुम्हें क्या हो गया है? बोलते क्यों नहीं?"

गोकुल ने बलपूर्वक आँखें झपझपाईं, सिर झटका—लगा जैसे कुछ पहचानने की कोशिश कर रहा हो। उसमें एक अलग तरह की बेचैनी दिखाई पड़ने लगी जैसे भीतर-भीतर अपने से लड़ रहा हो। भवानी बाबा को लगा कि उनका मंत्र काम करने लगा है। उनकी जाती हुई आस्था लौट आई। वे फिर वेग से मंत्र मारने लगे और चमत्कार हो गया। गोकुल ठीक होने लगा। कुछ देर बाद वह स्थिर हो गया। पंख की तरह पलकें फड़फड़ाकर सामने अपने बेटे को देखा और चिल्ला पड़ा, "बचवा!"

"भवानी बाबा की जय!" भीड़ चिल्ला पड़ी।

"हे भगवान, तुमने मेरी लाज रख ली। बहुत जाबिल साँप से पाला पड़ा था। ले जाओ इसे, नहलाओ-धुलाओ।"

सुबह हो रही थी। भीड़ छँट गई थी। गोकुल की बीवी उससे लिपट कर रो रही थी, "हे राम, मेरा क्या होता?"

गोकुल भी रो पड़ा। पूरा परिवार उसके भीतर हाहाकार कर उठा। कुछ देर बाद उसने कहा, "बचवा की माँ, मैं सोऊँगा। एक लम्बी नींद सोऊँगा। तुम भी जाकर सो रहो।"

वह लेटा-लेटा सोचने लगा—मैंने क्यों जिन्दगी से छुटकारा पाना चाहा? मेरे पीछे मेरे परिवार का क्या होता? क्या करता? मैंने परिवार के लिए क्या किया? क्या मुझे मर्द और बाप होने का अधिकार रह गया है? मेरे सामने ही मेरा घर उपास करे और मैं मर्द और बाप बना रहने का दावा करूँ, लानत है मुझ पर! कई दिन से खाने को नहीं मिला। मैंने सोचा, रात को प्रधान के खेत से मक्के की बालियाँ तोड़ लाऊँ। हुँह! प्रधान का खेत! वह प्रधान का खेत कैसे हो गया? लाठी के जोर से चाहे जो कर लो भाई, नहीं तो वह खेत तो मेरा है। हलवाही में प्रधान ने वह

खेत मुझे दिया था। मैंने जोता-बोया। खेत उफनकर खड़ा हो गया। बस प्रधान के मन में लालच और बेईमानी आ गई। उसने कहा, "तुमने मेरे खेतों को ठीक से जोता-बोया नहीं। मेरे साधनों का इस्तेमाल कर अपना खेत सजाया-सँवारा। तुम खेत बदल लो।"

उसने यह खेत ले लिया और उसके बदले एक बंजर खेत दे दिया। मैंने मंजूर नहीं किया। मैंने तय कर लिया कि इसके यहाँ नौकरी नहीं करूँगा। भादों में तो वैसे ही कोई काम नहीं होता, क्वार में देखा जाएगा।

भादों का महीना कितना भयानक होता है हम लोगों के लिए। कुछ काम-धाम नहीं होता, घर में खाने को नहीं होता। झपटी, बरखा, चूती हुई छत, बुझा हुआ चेहरा, चारों ओर कीचड़, रेंगते हुए साँप, बिच्छू...

कल रात मैंने ठान लिया था कि मक्के की बालियाँ तोड़कर लाऊँगा। भूख से मरते परिवार का दरद देखा नहीं जाता। यह दु:ख देखते-देखते जिनगी से विराग हो चला है। और जब साँप ने काट लिया तो मैंने चैन की साँस ली—चलो, अच्छा हुआ।

लेकिन नहीं, मुझे मरना नहीं चाहिए। मैंने साँप काटने की बेहोशी में बचवा को लिपटकर रोते हुए देखा तो मेरे भीतर जीने की इच्छा जाग पड़ी और मैं साँप के जहर से लड़ने लगा। मैं जिऊँगा, मैं अपने परिवार के लिए जिऊँगा। जिस खेत को मैंने पसीने से सींचा है, उसकी फसल काटूँगा। वह फसल मेरी है। मैं दूसरे गाँव के अपने भाइयों को जमा करूँगा। मैं अकेला नहीं हूँ।

उसकी आँख लगी ही थी कि प्रधान का लड़का दरवाजे पर आकर पुकारने लगा, "गोकुला, गोकुला! चल, पिताजी बुला रहे हैं।"

वह आँख मलता हुआ उठा और बोला, "रात भर जगा हूँ, थोड़ी देर तो सो लेने दिया होता। सवेरे-सवेरे ऐसी कौन-सी आफत आ पड़ी।"

"यह तो पिताजी ही बताएँगे।" लड़का व्यंग्य से मुस्कराया।

गोकुल समझ गया कि मामला क्या है? वह एक बार भय से काँप गया। फिर उसने अपने को हिम्मत बँधाई—"चल गोकुल, यही वक्त है वारा-न्यारा कर लेने का। डरकर जिन्दगी नहीं जी जा सकती।"

वह प्रधान के यहाँ पहुँचा तो देखा काफी लोगों की भीड़ है।

देखते ही प्रधान ने तल्खी भरे स्वर में पूछा, "क्यों रे गोकुला, तू रात को मेरे खेत में चोरी करने गया था?"

"नहीं तो, मालिक।"

"नहीं तो मालिक के बच्चे, ये बालियाँ किसने तोड़ी हैं?"

गोकुल चुप रहा। सोचता रहा क्या जवाब दे।

"सरऊ चोरी करने गए थे न। अच्छा हुआ साँप ने काट लिया।"

"नहीं, मैं चोरी करने नहीं गया था। बालियाँ तोड़ी थीं लेकिन चोरी नहीं की।"

"अच्छा तो क्या तेरे बाप का खेत है!"

"खेत तो आपका है, लेकिन फसल मेरी है।"

"अच्छा तो तेरी यह हिम्मत हो गई? सरऊ, मारे जूतों के तेरी खाल खींच लूँगा।"

"देखिए, गाली मत दीजिए, आपका हलवाहा हूँ, गुलाम नहीं।"

प्रधान का चेहरा तमतमा गया। उन्हें कल्पना नहीं थी कि यह नाचीज उन जैसी आलाचीज का भरी सभा में इस तरह अपमान करेगा। उन्होंने आगे बढ़कर गोकुल को थप्पड़ मारा। दूसरा थप्पड़ मारने जा रहे थे कि गोकुल ने उनका हाथ पकड़कर झटक दिया।

"ताकते क्या हो, खत्म कर दो साले को।" उन्होंने अपने लोगों को ललकारा।

उनके एक लड़के ने उसके पेट पर एक लात मारी, दूसरे ने उसकी गरदन पकड़कर दबा दी। एक आदमी ने उसकी बाँह पकड़कर मरोड़ दी। उसका दम घुटने लगा, वह छटपटाने लगा। उसकी आँखें बाहर निकलने लगीं। कुछ देर बाद लड़के ने उसकी गरदन छोड़ दी और हाथ पकड़नेवाले ने उसे जोर का धक्का दिया, "जा साले।"

वह कटे हुए पेड़ की तरह नीचे लुढ़क गया—ठंडा, निस्पंद।

"अरे, यह तो मर गया!" भीड़ में आवाज बजबजाने लगी। उसकी पत्नी आँधी-पानी की तरह आई और उसके ठंडे शरीर पर गिरकर विलाप करने लगी। बच्चे भी चिल्लाने लगे।

हरिजन टोली के थोड़े से लोग दमित आक्रोश लिये खड़े थे और प्रधान के आदमी थाने पर रपट लिखाने जा रहे थे कि गोकुल साँप काटने से मर गया।

एकाएक गोकुल का लड़का बाप की लाश छोड़कर उठ पड़ा और भागा।

"कहाँ जा रहे हो, बचवा?" माँ चिल्लाई।

"अभी आ रहा हूँ, माई।"

वह दूसरे गाँव की ओर भागा जा रहा था अपने जाति-भाइयों को सूचना देने। उसे याद है उस दिन उस गाँव का हरिजन नेता आया था और उसके बपई से कह रहा था कि जीने के लिए हमें एक होकर साँपों से लड़ाई करनी ही पड़ेगी।

रहमत मियाँ

कॉलबेल बजी। उठकर दरवाजा खोला।

"अरे, रहमत मियाँ! आप?"

"नमस्ते, बाबूजी!"

"नमस्ते, नमस्ते। आइए, रहमत भाई!"

वे आकर मेरे ड्राइंगरूम में बैठ गए। उनके साथ एक चौबीस-पचीस वर्ष का सरदार युवक भी था।

"जमाने बाद भेंट हो रही है रहमत भाई!"

"हाँ, बाबूजी, जब हम लोग शक्ति नगर में थे तो मिलते ही रहते थे। उसके बाद तो आप विकासपुरी चले आए। मैं सीलमपुर चला गया। इस बीच आप लोगों की रोज याद आती थी।"

"आपकी मेहरबानी है रहमत भाई कि हमें इतना याद कर लेते हैं, नहीं तो इस जमाने में कौन किसे याद करता है—वह भी एक अर्से से अलग रहने पर।"

"अरे, ऐसे जमाने को गोली मारिए बाबूजी! वे भी कोई लोग हैं जिनके दिलों में मुहब्बत न हो, इनसानी जज्बा न हो।"

"सही कहते हैं रहमत भाई!"

"बाबूजी, ये रविन्दर सिंह हैं। मेरे यहाँ काम सीखते हैं। ये कुछ कहानी-वहानी लिखते हैं। मैंने इनसे एक दिन कहा—मियाँ, कहानी लिखते हो तो ठीक से लिखो। हमारे मेहरबान राजीव शर्मा भी बहुत बड़े लेखक हैं। आला दर्जे के इनसान भी। उन्हें तुम्हारी कहानी देखवा देता हूँ। वे जो राय देंगे, वह बड़े काम की होगी। इसलिए इन्हें आज ले आया हूँ। दिखाओ भाई, अपनी कहानियाँ।"

मैंने पत्नी को आवाज दी, "अरे भाई, देखो रहमत मियाँ आए हैं। कुछ चाय-वाय तो ले आओ।"

पत्नी आईं तो रहमत मियाँ उठ खड़े हुए, "आदाब अर्ज बहन जी! कैसी हैं?"

"ठीक हूँ रहमत भाई! कितने दिनों बाद देख रही हूँ। ठीक वैसे ही हैं आप आज भी।"

"आप लोगों की दुआ है बहन जी, नहीं तो रहमत अपने आपमें क्या चीज है?"

"अच्छा, चाय लाती हूँ।"

"अरे बैठिए न बहन जी! आपकी चाय और नाश्ते का रस तो मेरी रग-रग में बसा है। आप लोगों से बात करने को जी तरसता है।"

"अरे, बात भी करेंगे और चाय भी पिएँगे। अभी आई।"

पत्नी चली गईं तो रहमत मियाँ कहानी पढ़ते मेरे चेहरे को देखते रहे। शायद वे मेरे चेहरे पर प्रतिक्रिया की रेखाएँ पढ़ना चाहते रहे।

पत्नी चाय लेकर आ गईं और रहमत भाई से बात करने लगीं। तब तक मैं एक कहानी पढ़ गया। दूसरी कहानी पढ़ने की आवश्यकता नहीं रही।

"हाँ, बाबूजी, कहानी कैसी लगी?" रहमत मियाँ ने पूछा।

मैंने संक्षेप में रहमत मियाँ को कहानी सुना दी और कहा कि ऐसी कहानियों में मैं कोई मदद नहीं कर सकता। यह फिल्मी तर्ज पर लिखी

गई कहानी है। इन्हें वास्तव में मेरी सहायता चाहिए तो इन्हें कहानी लिखने का ढंग बदलना पड़ेगा। इन्हें अपने आसपास की जिन्दगी से कथा उठानी पड़ेगी।"

रहमत मियाँ रविन्दर की ओर मुड़ गए। कहने लगे, "अरे, रविन्दर, तुम ऐसी ही फिल्मी कहानी लिखते हो? अरे, यह कोई कहानी है, यह तो जोड़-बटोर है। मुझे मालूम होता है कि तुम्हारी कहानी ऐसी है तो मैं तुम्हें बाबूजी के पास लाता ही नहीं। बाबूजी ऐसी कहानी में तुम्हारी क्या मदद करेंगे?"

इसके बाद रहमत मियाँ ने अपनी जिन्दगी में घटित कुछ कहानियाँ सुनाईं।

मैंने रविन्दर से कहा, "देखो, ये कहानियाँ हैं, ये लिखी नहीं गई हैं घटित हुई हैं जिन्दगी में, इसलिए लेखक की कलात्मक काट-छाँट के बिना भी जानदार कहानियाँ हैं। लेखक इन्हीं कहानियों को काट-छाँटकर एक उद्‌देश्य प्रदान करता है, उनके प्रभाव को और तेज करता है।"

"बाबूजी, आप मेरी इन कहानियों को अपनी कलम से धार दीजिए न! मेरी कहानियाँ मेरे पास ही रह जाएँ तो क्या फायदा? आपकी कलम पर चढ़कर वे न सिर्फ अधिक असरदार हो जाएँगी, बल्कि दूर-दूर तक फैल जाएँगी। मेरी कहानियों से समाज का, इनसानियत का कुछ भला हो तो मुझे बेहद चैन मिलेगा बाबूजी!"

"मैं इन कहानियों पर कहानियाँ लिखूँगा रहमत भाई! आपकी तड़प मैं लोगों तक पहुँचाऊँगा।"

"शुक्रिया, बाबूजी।"

इसके बाद कुछ देर हम बातें करते रहे। फिर रहमत मियाँ बड़े संकोच से बोले, "छोटा सा काम था बाबूजी!"

"अरे, अरे बताइए न, संकोच क्यों कर रहे हैं?"

"मैं अपने बेटे के दाखिले के लिए पास के सरकारी स्कूल में गया था। हेडमास्टर साहब ने कहा कि सीटें भर गई हैं।"

"तो?"

"मगर सीटें भरी नहीं। उसके बाद तो उन्होंने और कई बच्चों

का दाखिला लिया। असरदार लोगों के लिए कोई कायदा-कानून नहीं होता बाबूजी!"

"तो किसी दूसरे सरकारी स्कूल में क्यों नहीं डाल देते?"

"मैं चाहता हूँ कि यह बच्चा अच्छे स्कूल में पढ़े और कुछ अच्छा बने। आपकी मेहरबानी से यह काम हो जाएगा तो सुकून मिलेगा।"

"मेहरबानी-वोहरबानी छोड़िए रहमत भाई! ऐसे लफ्ज हमारे बीच नहीं आने चाहिए। अरे, मैं कुछ कर सकूँगा तो उससे मुझे कितनी खुशी मिलेगी, इसका तो अन्दाजा लगाइए। हाँ, जरा बच्चे के बारे में जरूरी जानकारी लिख लूँ। बच्चे का जन्म?"

"2 अक्टूबर, 1985।"

"बच्चे का नाम?"

"मोहन अली।"

"मोहन अली?" चौंककर मैंने पूछा, "आपका ही बेटा है न?"

"हाँ, बाबूजी, अब मेरा ही कहा जाएगा न।"

"अच्छा! अब समझा। मगर रहमत भाई, कोई इस्लामी नाम भी तो रख सकते थे।"

"रख तो सकता था, लेकिन मन नहीं माना। भीतर बार-बार कोई कहता रहा कि यह हिन्दू सन्तान है रहमत! इसका नाम हिन्दू ही रखो। मन होगा तो अली लगाएगा। मन होगा तो निकाल देगा। तुम तो इसे पालने-पोसने का जिम्मा लो, उसे प्यार दो, उससे प्यार पाओ।"

"क्या बच्चे को भी मालूम है कि वह आपका बेटा नहीं, किसी हिन्दू का बेटा है?"

"नहीं, उसे नहीं मालूम। उसे मालूम कराकर उसे दो भागों में क्यों बाँटूँ?"

"फिर इस नाम से उसे अटपटापन नहीं लगता होगा? और उसके साथी भी तो पूछते होंगे—तेरा यह कैसा नाम है रे? तू है तो मुसलमान का बेटा और नाम है मोहन और फिर अली।"

"नहीं, उसे समझा दिया है कि बेटे गांधी जी बहुत बड़े इनसान थे। उनके लिए मेरे मन में गहरी इज्जत है। उन्होंने हिन्दू-मुस्लिम एकता के

लिए अपनी जान दी थी इसलिए उनके नाम पर तुम्हारा नाम रखा है। और तेरी पैदाइश भी तो गांधी जी की पैदाइश के दिन हुई है। तू न हिन्दू है न मुसलमान है, बस एक इनसान है। इस पर वह बहुत खुश हो गया। अब कोई पूछता है तो यही समझाता है।"

"लेकिन मोहल्ले वालों को तो असलियत मालूम होगी।"

"इसीलिए तो मैं शक्तिनगर छोड़कर सीलमपुर चला गया।"

हम थोड़ी देर चुप रहे। फिर रहमत मियाँ बोले, "उस स्कूल का हेडमास्टर भी बच्चे का नाम देखकर चौंका था। सवाल किया—'यह कैसा नाम?'

"अरे, नाम तो नाम है जनाब, क्या मोहन और क्या अली। यह तो माँ-बाप की पसन्द है कि वे क्या नाम रखते हैं। सारे नामों के नीचे होता तो इनसान ही है न?"

"बहुत अच्छा कहा आपने।" मैंने कहा।

"लेकिन बाबूजी, उस हेडमास्टर की समझ में नहीं आया। वह शक की निगाह से देखता रहा और बोला—मियाँ किसी हिन्दू का लड़का उठा-पटा लाए हो क्या? और नाम के आगे अली लगा दिया।"

"बाबूजी, मुझे गुस्सा तो बहुत आया। सोचा, इतनी पाक कुर्सी पर बैठे हुए आदमी का सोच कितना नापाक है, लेकिन भीतर से कोई बोला—अपने को जब्त करो रहमत। इस लड़के का नाम लिखाना है। इसलिए इतना ही कहा—कैसी बात करते हैं जनाब! अरे, मैं अली हूँ तो मेरा बेटा अली होगा ही और रही बात मोहन की, तो वह गांधी जी इसे अपना दे गए। बाबूजी, लगता है उसने नाम के चक्कर को लेकर ही सीट न होने का बहाना बना दिया।"

"हो सकता है रहमत भाई, कुछ भी हो सकता है।"

"अच्छा बाबूजी चलता हूँ। कुछ हो सके तो बताइएगा।"

"हाँ, कुछ-न-कुछ तो होगा ही। वहाँ नहीं तो और कहीं।"

तब मैं शक्ति नगर में था। रहमत भाई भी मेरे घर से थोड़ी दूर पर रहते थे। अपने घर में ही दर्जी का काम करते थे। मेरे परिवार के कपड़े बाजार में सिलते थे लेकिन एक मित्र ने एक दिन रहमत मियाँ का परिचय

देते हुए कहा, "एक बार उनसे भी सिलवाकर देखिए। वे पैसे भी कम लेते हैं और दूसरे दर्जियों से अच्छा सिलते हैं।" मैंने उन्हें आजमाया। और फिर तो वे ही मेरे कपड़े सिलने लगे। रहमत मियाँ मस्त-मौला व्यक्ति हैं। मूड आया और मेरी आवश्यकता रही तो सिलकर दूसरे दिन भी दे सकते थे और नहीं तो अर्से तक पता नहीं चलता था। उनके घर पहुँचिए तो गायब। पत्नी को कुछ पता नहीं होता था। मैं झल्लाता था। बच्चे झल्लाते थे। बच्चों ने तो अपने कपड़े सिलवाने बन्द कर दिए लेकिन मेरे भीतर न जाने कौन सी बेबसी थी कि इन सबके बावजूद रहमत मियाँ से ही कपड़े सिलवाता था। मैं उन्हें पहचान गया था और वे मुझे। चाहे मैं उनके यहाँ गया होऊँ, चाहे वे मेरे यहाँ आए हुए हों, कामकाज की हल्की बातचीत के बाद हम दार्शनिक हो उठते थे।

उनके घर होता था तो उनके घर की मामूली स्थिति देखकर सोचता था—कैसा है यह आदमी। इतना हुनर इसके हाथ में है और एक दुकान तक नहीं खोल सकता। और घर भी काम ले आता है तो मन हुआ किया, मन हुआ नहीं किया। मन हुआ तो दिन-भर में दे दिया, नहीं मन हुआ तो दो महीने तक पता नहीं। औलिया है। ऐसे फक्कड़ से कोई दुकान चलती है क्या? कोई घर सम्पन्न होता है क्या? इसीलिए तो रहमत भाई बाजार में दुकान नहीं खोलते।

एक दिन रहमत मियाँ मेरे घर आए। बोले, "आपसे अकेले में कुछ बात करनी है। आपके सिवा कोई मेरे दिल की बात नहीं समझ सकता, इसलिए जब भी उलझन में होता हूँ, आप याद आते हैं। सही सलाह भी देते हैं और राज को राज भी रखते हैं।"

"हाँ, बताइए। घर में कोई है नहीं, आप निश्चिन्त होकर बात करें।"

"मेरे मकान मालिक हैं न! अरे, मुकेश जी।"

"हाँ हैं, तो?"

"उनके बड़े लड़के शादी के बाद दुबई चले गए। उन्हें गए हुए तीन साल हो गए। उनकी जोरू यहीं है—सास, ससुर, देवरों, ननदों के साथ।"

"तो?"

"तो उनकी जोरू को बच्चा होने वाला है।"

"तो?"

"अरे 'तो' का क्या मतलब? औरत का पति तीन साल से परदेस में हो और उसे बच्चा पैदा होने वाला हो तो कुछ हुआ ही नहीं। आप तो ऐसे 'तो' कर रहे हैं जैसे कोई कहानी सुन रहे हों।"

मुझे झटका लगा। हाँ ठीक तो कह रहे हैं रहमत मियाँ। यह सुनकर मुझे कोई झटका ही नहीं लगा।

"सॉरी रहमत भाई, हम ऐसी खबरों के ऐसे आदी हो गए हैं कि अब सचमुच इनसे झटका नहीं लगता?"

"अरे, हम कितने भी आदी हो जाएँ लेकिन क्या इन घटनाओं के भीतर छिपे हुए सवाल कभी खत्म होंगे? क्या उनसे उठने वाला इनसानी दर्द कभी गैर-इनसानी हो जाएगा?"

"हाँ, आगे कहिए रहमत भाई!"

"मुकेश खानदान ने तो यह राज खूब छिपाया लेकिन मेरी बीवी सकीना उनके घर आती-जाती रहती थी। राज धीरे-धीरे खुल ही गया। यह भी मालूम हुआ कि यह बच्चा मारा जाएगा या फेंक दिया जाएगा। लेकिन चूँकि छिपाते-छिपाते यह आठवाँ या नवाँ महीना लग गया इसलिए फिलहाल बच्चा गिरवाने से माँ की जिन्दगी जा सकती है फिर बवाल मचेगा। इसलिए यही तय हुआ कि पैदा होने के बाद देखा जाएगा।

"बाबूजी, मैं यह जानकर परेशान हो गया। मेरी तो नींद उड़ गई। मैं चाहता रहा यह बच्चा ले लूँ और सकीना की सूनी गोद भर दूँ। लेकिन मुकेश जी से कहूँ कैसे? और मैंने कुछ नहीं किया तो बच्चे की हत्या का भागीदार मैं भी बनूँगा। जिन्दगी-भर मेरा जमीर मुझसे पूछेगा—तुमने बच्चे को बचाने के लिए कुछ किया क्यों नहीं? तुम भी कातिल हो। मन में ठान लिया कि अब चाहे जो भी हो, बच्चा लेकर रहूँगा।

"एक दिन मुकेश जी और मैं साथ ही बस से उतरे और साथ ही घर की ओर चल पड़े। रात के नौ बजे थे। सोचता रहा कि यही समय है बात चलाने का।

उनसे पूछा, "दुबई से कोई चिट्ठी-पत्री आई?'

" 'हाँ, आती ही रहती है।'

“ ‘कैसे हैं बरखुरदार?’

“ ‘ठीक ही हैं।’

“ ‘कब लौट रहे हैं?’

“मुकेश जी ने एक बार शक की निगाह से मुझे देखा—फिर एक डूबी हुई आवाज में बोले, ‘पता नहीं। हो सकता है अगले तीन-चार महीने में कभी आ जाएँ।’

“ ‘जरा उनका पता दीजिएगा, मुझे उन्हें चिट्ठी लिखनी है।’

“ ‘क्यों?’ मुकेश जी चौंक उठे।

“ ‘क्यों, क्या मैं उन्हें चिट्ठी नहीं लिख सकता। मेरे भी तो अज़ीज हैं, कितनी याद आती है उनकी।’

“उन्हें मेरी चिट्ठी वाली बात परेशानी में डाल गई है। मैंने मुकेश जी से कहा, ‘मुकेश जी, जरा दस मिनट इस पार्क में बैठ जाते हैं, कुछ जरूरी बात करनी थी।’

“ ‘अरे मियाँ, घर पर कर लेंगे।’

“ ‘नहीं, घर पर बात नहीं हो पाएगी। यह जगह ठीक है। आपका ज्यादा समय नहीं लूँगा।’

“वे मेरी बात मानकर पार्क की एक ख़ामोश बेंच पर बैठ गए। और मेरी ओर इस तरह देखने लगे कि हाँ कहिए।

“मैं खाँसकर बोला, ‘बात यह है मुकेश जी, आप जानते हैं कि मैं बेऔलाद हूँ।’

“ ‘हाँ तो?’ वे चौंककर बोले।

“ ‘मुझे वो बच्चा चाहिए।’

“ ‘कौन सा बच्चा?’

“ ‘मैं ज्यादा नहीं कहूँगा। आप समझ़ जाइए। यदि वह बच्चा मरा तो मैं राज खोल दूँगा क्योंकि इस राज को जान गया हूँ और राज जानने के बाद मैं अपने को भी उस हत्या का जिम्मेदार मानूँगा।’

“वे खामोश हो गए जैसे कि सोच रहे हों कि आप किस बच्चे की बात कर रहे हैं। मैं फिर बोला, ‘मैं राज को राज रहने दूँगा। आप मुझे इतने दिनों से जानते हैं तो आपको मुझ पर भरोसा करना ही चाहिए। मैं

उसे पालूँगा-पोसूँगा, पढ़ाऊँगा-लिखाऊँगा, बड़ा बनाऊँगा। सोचिए तो आपका मुझ पर और बच्चे पर कितना अहसान होगा।'

" 'चलिए घर चलते हैं, आपका होश ठिकाने नहीं है।'

" 'मेरा तो है। आपका जब ठिकाने पर आ जाए तो सोचिएगा।' "

कुछ दिन बाद रहमत मियाँ आए और बोले, "बाबूजी, बच्चा ले आया।"

"बहुत अच्छा किया। उन्होंने दे दिया है?"

"नहीं बाबूजी, उन्होंने दिया कहाँ? मैंने ले लिया। मुकेश जी की बहू ने चुपके से सकीना को बताया कि मुकेश जी उसे लेकर ग्वालियर यानी उसके मायके जा रहे हैं और उनकी योजना है कि बच्चे को संडास में ले जाकर नीचे गिरा दिया जाए। यह सुनकर मैं बहुत बेचैन हो गया। क्या करूँ क्या न करूँ। आखिर जिस दिन उन्हें ग्वालियर जाना था, मैं भी स्टेशन पर पहुँच गया और जैसे ही ये लोग गेट से अन्दर होने लगे, मैंने मुकेश जी को बाँह से पकड़कर पीछे खींच लिया और अकेले में ले जाकर कातर होकर उनसे कहा, 'आप यह क्या करने जा रहे हैं मुकेश जी?'

" 'आप मेरी मुसीबत जानते हैं रहमत मियाँ!'

" 'हाँ जानता हूँ। लेकिन मैं आपकी मुसीबत को अपनी खुशी में बदलना चाहता हूँ। देखिए मुकेश जी, मुझे किसी अदनामी-बदनामी का डर नहीं है। आप लोग बदनामी के डर से एक नन्ही-सी जान से खेल रहे हैं। उसे मेरी झोली में क्यों नहीं डाल देते?'

" 'नहीं, नहीं, यह नहीं होगा रहमत मियाँ,' कहते हुए चलने लगे तो मैंने कहा, 'सुन लीजिए, अभी तो मैं आपकी इज्जत बचाने के लिए अपनी इज्जत दाँव पर लगा रहा हूँ, इसके बाद मैं आपके घर का सारा भंडाफोड़ कर दूँगा और बच्चे की हत्या का जुर्म लगाऊँगा।'

"मुकेश जी ठिठक गए। कुछ सोचकर बोले, 'खड़े रहिए।' जाकर बहू की गोद से बच्चा लाए और मेरी गोद में डालते हुए बोले, 'अब मेरी इज्जत आपके हाथ में।'

"मैंने कहा, 'आप बेफ़िक्र रहिए मुकेश जी!' रात के अँधेरे में हम अलग-अलग घर लौट आए।

"बच्चे को देखते ही सकीना बड़बड़ाई, 'आप नहीं माने न। उठा ही लाए यह बला।'

" 'देखो सकीना, मैं तुमसे पहले ही कह चुका हूँ कि पाल-पोस लूँगा। तुम मुझसे हुज्जत न करो।' मैंने कहा।

"आधी रात हो गई थी। शायद बच्चा भूखा था। चिल्लाए जा रहा था। मैंने रूई के फ़ाहे से उसके मुँह में दूध की बूँदें टपकाईं। पेट में कुछ गया तो चुप हो गया। उसे अपनी बगल में सुलाया था। मैं सो नहीं सका। वह रह-रहकर पेशाब करता था और मैं उसके नीचे सूखे कपड़े डालता रहता था। सवेरे उठकर दातौन-कुल्ला करने लगा। लौटकर आया तो देखा सकीना उसके चेहरे को गौर से देख रही थी। मैं चुपचाप सकीना के पीछे खड़ा हो गया। बच्चा बार-बार मुस्करा रहा था। सकीना उसकी मुस्कराहट में डूबी हुई थी।

"बाबूजी, मैं जानता था कि आज नहीं तो कल सकीना की ममता उभर आएगी। नहीं तो क्या मैं अपने भरोसे इस नन्ही जान को लाने की हिम्मत करता?"

रहमत भाई चले गए। उनकी इनसानी महक से मेरा मन भर आया था। इसके कुछ समय बाद वे सीलमपुर चले गए और मैं विकासपुरी आ गया।

तब से उनसे भेंट नहीं हुई थी। आज आए तो यह अतीत ताजा हो उठा। वे उस लड़के को अच्छी शिक्षा देना चाहते हैं लेकिन मुसीबत खड़ी हो जाती है आम आदमी की मामूलियत की। बड़े लोगों के बच्चों के लिए सीट की कोई सीमा नहीं लेकिन इनके बच्चे के लिए सीट भर गई है। या समस्या खड़ी होती है नाम की। बच्चे का नाम मोहन अली क्यों? क्या मोहन अली नाम का अर्थ तर्क द्वारा समझाया जा सकता है? जिस नाम के पीछे रहमत भाई का पूरा इनसानी जज्बा लगा हुआ है उसका अर्थ व्यावसायिक दिमाग वालों को समझाया जा सकता है क्या?

मैंने ठान लिया कि मैं कुछ करूँगा। अभी तो छुट्टियाँ हैं। स्कूल खुलने के समय उधर जाऊँगा और कोई-न-कोई स्रोत खोजूँगा।

छुट्टियाँ बीत गईं। पता चला कि मेरे एक मित्र सीलमपुर में एक

स्कूल चलाते हैं। अच्छा स्कूल है। उसमें मोहन अली के दाखिले की बात कर ली थी। लेकिन रहमत मियाँ नहीं आए। उनके घर का पता मुझे नहीं मालूम। पिछली बार न उन्होंने दिया न मैंने माँगा ही। वे खुद आने को कह गए थे इसलिए इसी में पता लेने की बात रह गई। शायद कहीं दाखिला हो गया हो इसलिए नहीं आए।

एक दिन वही सरदार युवक रविन्दर मेरे घर आया। बहुत उदास था। आकर चुपचाप मेरे कमरे में बैठ गया।

"कहाँ हैं रहमत अली? मैं तो कई दिन से उनका इंतजार कर रहा हूँ।"

वह चुप रहा।

"मोहन अली का दाखिला हो गया क्या?"

वह चुप रहा। उसके चेहरे पर उदासी की परत गाढ़ी होती गई।

मैंने झल्लाकर पूछा, "तुम बोलते क्यों नहीं, कहाँ हैं रहमत भाई?"

वह फफककर रो पड़ा। हबसते हुए बोला, "वे नहीं रहे।"

"अरे, यह क्या सुन रहा हूँ। कब...कब? उन्हें क्या हुआ था?"

"सीलमपुर के दंगे में।"

हे ईश्वर, तुम भी कैसे-कैसे लोगों को सजा देते हो? उदासी का बोझ मेरे तन-मन पर लद गया। कुछ देर बाद रविन्दर प्रकृतिस्थ हुआ। बोला, "दंगा अचानक शुरू हो गया। रहमत भाई की एक छोटी-सी दुकान है। दुकान के एक ओर हिन्दू मोहल्ला है, दूसरी ओर मुसलमान मोहल्ला। उसमें वे और जीवन महतो सिलाई का काम करते हैं। मैं और यूसुफ उनके यहाँ काम सीखते हैं। उस दिन मोहन भी दुकान पर ही था। शोर हुआ तो हम लोग चौंके। निकलकर देखा दोनों ओर दंगाइयों की भीड़ दिखाई पड़ी। हम लोगों ने फट से दुकान बन्द कर अपने को अन्दर कर लिया।

"एक ओर की भीड़ कह रही थी—यह मुसलमान की दुकान है। इसमें हिन्दू भी काम करते हैं। हिन्दुओं को निकालकर इसे मार दो, दुकान लूट लो और जला दो। दूसरी ओर की भीड़ कह रही थी—यह मुसलमान तो है लेकिन काफिरों से प्रेम करता है। यहाँ तक कि इसने

अपने बेटे का नाम हिन्दू नाम रखा है। इसकी दुकान में कई हिन्दू काम करते हैं। उन हिन्दुओं को निकालकर मार डालो। नहीं माने तो इसके सहित दुकान फूँक दो।

"हम सभी थरथर काँप रहे थे, लेकिन रहमत चाचा दिलासा दे रहे थे—मेरे रहते तुम्हारा बाल बाँका नहीं होगा। जब शोर बढ़ गया और लगा कि बचाव मुश्किल है तो हम सबके रोकने के बावजूद रहमत चाचा दुकान से निकल गए और हमसे कहा—दुकान भीतर से बन्द कर लो।

"वे छाती तानकर खड़े हो गए और ललकार कर बोले, 'देखो तुम्हारे सामने मैं खड़ा हूँ। मैं न हिन्दू हूँ न मुसलमान। मैं इनसान हूँ और मेरी दुकान में भी न हिन्दू हैं न मुसलमान। सब मेरे भाई हैं। बेगुनाहों का खून बहाने निकले हो, कुछ तो शर्म करो।'

" 'दरवाजा खोलवाओ, दरवाजा खोलवाओ।'

" 'दरवाजा नहीं खुलेगा। जिसे दरवाजे के अन्दर जाना हो, पहले मेरी छाती पर से गुजरे।'

" 'धाँय,' न जाने किस ओर से एक गोली आई और 'या खुदा' कहकर रहमत चाचा वहीं गिर पड़े। हम भीतर भय से काँप रहे थे। तभी पुलिस की गाड़ी का सायरन सुनाई पड़ा। गोलियों की आवाज आई और लगा कि भीड़ भाग रही है।

"पुलिस को पास आया जान हमने फाटक खोल दिया और उसी के साथ अपने-अपने घर पहुँचे। फिर कर्फ्यू लगा। और...और..." रविन्दर फिर रोने लगा।

"और मोहन अली?"

'मोहन अली अपनी बेहाल बेवा माँ के साथ है। रहमत चाचा का एक ही सपना था कि मोहन अली की अच्छी पढ़ाई हो। वे कहते थे कि उसमें हिन्दू का खून है, मुसलमान की परवरिश है, सरदार युवक की मुहब्बत है। मेरी ख्वाहिश है कि पढ़-लिखकर यह एक बड़ा इनसान बन जाए।"

"लेकिन रहमत भाई का सपना सपना रह गया।" मैं बोला।

"नहीं बाबूजी, आप उसे दाखिला दिला दीजिए।"

"उसके बाद?"

"रहमत चाचा अपनी दुकान छोड़ गए हैं। मैं, जीवन महतो और यूसुफ—तीनों मिलकर वह दुकान चलाएँगे और कोशिश करेंगे कि उनका सपना पूरा हो।"

"मैं दाखिला जरूर दिलाऊँगा रविन्दर! ईश्वर तुम्हारी मुराद पूरी करे।"

"अच्छा, बाबूजी चलता हूँ।"

"ठीक है, जाओ।"

वह चलने लगा तो मैंने कहा, "सुनो, अब कहानी लिखना तो जरूर दिखाना। तुम्हारी कहानी की असली जिन्दगी अब शुरू होगी।"

वह मुस्कराया और आगे बढ़ गया।

और मैं सोचने लगा—मुझे भी तो लिखनी है रहमत भाई की कहानी।

वसंत का एक दिन

लगता है जयराम फिर आ गया है। तिर तेंतें तिर तेंतें कुकुही (छोटी सारंगी) बज रही है। एक बुदबुदाहट गाँव में रेंगी लेकिन कोई हलचल नहीं हुई। हाँ, कुछ बच्चे कौतूहलवश वनखंडी की ओर दौड़े और जयराम को घेरकर खड़े हो गए।

पलाश फूल गए थे, वनखंडी में जैसे आग लग गई हो। फागुनी हवा सूखे पत्तों को लुटाती, जलते फूलों को अपनी साँस से और दहकाती, फसलों को गुदगुदाती सर्राटे भर रही थी।

जयराम थोड़ी देर तक इन फूलों को सुन्न दृष्टि से देखता रहा, फिर एक पेड़ के नीचे बैठ गया। कुकुही को छुआ, वह सिहरी, फिर सिसकने लगी, फिर उमड़-घुमड़कर रोने लगी। जयराम देर तक कुकुही में डूबा रहा—तिर तेंतें तिर तेंतें...।

काफी देर बाद अपने से बाहर आकर उसने सामने देखा। गाँव के कुछ बच्चे खड़े थे। मुस्कराया। बच्चे कुछ देर तक उसे देखते रहे फिर 'पगला' कहकर भाग खड़े हुए।

जयराम फिर मुस्कराया। उसने फिर सामने फैले लहलहाते खेतों को हसरतभरी नजर से देखा जो अब पराए हो गए थे। वह धीरे-धीरे उठा, खेत के पास गया। कुछ क्षण मौन भाव से देखता रहा, झुककर खेत से एक मुट्ठी मिट्टी उठा ली, सिर पर लगाई, फिर फफककर रो पड़ा। गेहूँ की एक बाल तोड़कर अपने गालों पर फेरता रहा। धीरे-धीरे अपनी जगह पर लौट आया। कुकुही फिर काँपी और रो पड़ी...

फु-फु-फु-रे-ए-ए...

कुकुही फिर चुप हो रही थी। जयराम खयालों में डूब रहा था...हाँ, यही उसका गाँव है, जहाँ वह पैदा हुआ है, पला है। आज फिर साल-भर बाद लौटा है। मगर जाए कहाँ? कोई तो अपना नहीं। वह धीरे-धीरे घुटनों पर सिर झुकाते-झुकाते कहीं खो गया।

सामने के खेत तो उसी के हैं, जिन्हें चाचा ने धूर्तता से हथिया लिया। वह मुस्कराया...चाचा नामक चीज भी ऊँचे दरजे की होती है। वाह रे चाचा, तुमने खूब मेरे पिताजी के प्यार का बदला चुकाया। मरते हुए पिताजी को कैसे सुबक-सुबककर बचन दिया था, "मैं इस लड़के को अपने पुत्र से बढ़कर प्यार करूँगा, आपके चरणों की कसम, भाई साहब!" वाह रे कसम और वाह रे चाचा! माँ तो पहले ही मर चुकी थी। जब पिताजी मरे तब वह आठ बरस का था। पिता अपनी इकलौती सन्तान के लिए कितने-कितने सपने पाले हुए थे। वाह रे जयराम, तूने खूब उन सपनों को पूरा किया। वह फिर मुस्कराया। पिताजी के मरते ही चाचाजी को उसकी आँखों में सपनों की जगह कंकड़-पत्थर दिखाई पड़ने लगा। "पढ़ेंगे सरऊ—डिपटी कमिसनर होंगे।" और थप्पड़ मारकर किसी काम के लिए भेज देते।

पिताजी उसके सपनों के लिए आठ बीघा जमीन और कुछ पैसे छोड़ गए थे जिसे चाचाजी ने अपना लिया और बात-बात में थप्पड़ से पीटकर कहते, "अनाथ हो गए थे। न अपनाया होता तो गली-गली भीख

माँगते फिरते।" उसे आज भी चाचा-चाची के गरम-गरम थप्पड़ अपनी कनपटियों पर जलते हुए गुड़ की तरह चिपटे हुए मालूम पड़ते हैं। काश, वह अनाथ ही रहा होता तो उसके आठ बीघे खेत तो उसके साथ रहे होते। सनाथ होकर वह अपना सब कुछ गँवा बैठा। अभी भी उसके पेट में बचपन की भूख की कड़वाहट खौल रही है। हमदर्द चाचा-परिवार और गाँव वालों को घिन-भरी नजरों और लांछन-भरी फटकार की तेज धार उसके कान के परदे को कर्र-कर्र चीर रही है।

उसका बचपन जानने वाले जानते हैं कि वह उगते हुए फूल-सा होनहार था, सुन्दर था, स्वस्थ था, लेकिन चाचा-चाची के व्यवहार ने उससे उसका सब कुछ छीन लिया। इतनी कठोर घृणा और पीड़ा ने उसे सुन्न बना दिया। धीरे-धीरे उसके लिए फटकार और लांछन का कोई अर्थ नहीं रह गया। वे केवल शब्द रह गए थे। मार का मतलब किसी चीज से टकराना रह गया था।

वह खुद सोचता था—उसे क्या हो गया? काम-धाम में उसका मन अब क्यों नहीं लगता। डाँट-डपट खाकर भी घूर की तरह बैठा रहता है। मास्टर साहब हैरान थे कि इसकी सारी अकल कहाँ चली गई। पढ़ने-लिखने में मन ही नहीं लगता। मास्टर साहब ने उसे प्यार से समझाया भी, डाँटा भी, मारा भी, लेकिन कुछ असर नहीं हुआ था। एक दिन मास्टर की बेंत से लहूलुहान होकर उसने पढ़ाई छोड़ दी।

चाचा-परिवार ने खूब गालियाँ दीं, "हरामजादा, आवारा, पढ़ाई छोड़ दी, बाप का नाम डुबा दिया। ससुर, अब घूमो कुत्ते की तरह गली-गली।" लेकिन वह जानता है कि परिवार खुश ही हुआ होगा। लोक-लाज से स्कूल जाने की छूट जरूर देता रहा, लेकिन पढ़ने-लिखने का सारा समय छीनकर उसे घर-दुआर की सेवा में झोंक देता था। दरअसल इस परिवार ने तो यही सोचा होगा—अच्छा हुआ कि पढ़ाई छोड़ दी, नहीं तो पढ़-लिखकर दुश्मन ही बनता।

हे...हट्ट...हट्ट...उसने देखा—उसके खेत में किसी का बैल चर रहा है। वह हाँकने के लिए दौड़ा। बैल हाँकने के बाद वह मुस्कराया, "उसका खेत! वाह रे जयराम, अभी अपने खेत से मोह नहीं छूटा!"

उसका चार बीघे का चक सामने समुद्र की तरह उमड़ रहा था और वह उसके बीच खड़ा होकर भी जैसे अजनबी था।

वह धीरे-धीरे अपने खेत के विस्तार की ओर सरकने लगा। तरह-तरह की फसलें...सोने का रंग पकड़ते गेहूँ, पीले-पीले फूलों से लदी सरसों, नीले, पीले, सफेद, लाल रंगों से दमकती मटर, तितली के समान नीले फूलों वाली तीसी और एक किनारे पर पीले फूलों और छीमियों से लदी रहर और उसके बाद दूसरे के खेतों में रहर के जंगल का एक लम्बा सिलसिला...

कितना अच्छा लगता है यह मौसम! लगता है इस जाते हुए मौसम को बाँध लिया जाए। धुत पगले, किसी ने जाते हुए मौसम को भी रोका है।

कितने सुन्दर हैं ये मटर के खेत! मोटी-मोटी छीमियाँ। उसे पेट में कुछ बेचैनी महसूस हुई। उसने कल शाम से ही कुछ खाया नहीं। इच्छा हुई छीमियाँ तोड़ ले। उसी के तो खेत हैं। फिर वही मेरे-तेरे का चक्कर लगाया जयराम! अगर छीमियाँ तोड़ते हुए चाचा पकड़ ले तो! पकड़े, ससुरे, उनके बाप का नहीं, मेरे बाप का खेत है। उसे अपने पर गुस्सा आया कि वह क्यों अपने खेत छोड़कर भाग खड़ा हुआ। अगर उसके चाचा ने उसके अनजाने ही उसके खेत अपने नाम करा लिए और गाँव वालों ने उसका साथ नहीं दिया तो वह मर तो सकता था। तब नहीं तो आज मरेगा। वह छीमियाँ तोड़ेगा। देखें तो चाचा साला क्या करता है? आज वह जान देगा या जान लेगा।

उसने ढेर सारी छीमियाँ तोड़ीं, अँगोछे में भर लीं और किनारे खड़ा होकर छील-छीलकर खाने लगा। अपने खेत की छीमियाँ हैं। अपनेपन का स्वाद ही और होता है।

खाने के बाद प्यास लग आई। चलो कहीं पानी भी पी लो, जयराम! कहाँ पियोगे? उसे याद आया, गाँव के बाहर का कुआँ। उसके पास कोदई हरिजन का घर है। वहीं पानी पीएगा।

कुएँ के पास पहुँचा तो एक हरिजन पानी भर रहा था। पुकारा, "कोदई!"

"अरे कौन, जयराम बाबू! बहुत दिन पर दर्शन हुआ।"

"हाँ-हाँ, कोदई, अब इस गाँव में मेरा क्या रखा है? फिर भी न जाने क्यों चला आता हूँ।"

"हाँ, बाबू, ठीक कहते हैं, अरे अपनी जनमभूमि है न।"

"हाँ, है तो।" वह मुस्कराया। "जरा पानी पिलाओ, प्यास लगी है।"

"पानी मैं पिलाऊँ? अरे बाबू ई का कहते हैं? हम अछूत हैं, हमारे हाथ का पानी पिएँगे आप?"

"अछूत तुम नहीं हो, ये गाँव वाले हैं। तुम लोग पवित्र हो। पानी पिलाओ, बहुत प्यास लगी है।"

"बाबू, मेरा हियाव नहीं कर रहा है।"

जयराम ने झपटकर लोटा निकाला। कोदई के गगरे में से पानी ढाला और गट-गट पी गया। कुछ हरिजन मरद-औरतें चकित होकर देखते रहे और जयराम ने एक डकार ली और मुस्कराया।

पास के पेड़ की डाल पर कोयल बोली—कुहू-कुहू...

"कुहू-कुहू।" उसने दोहराया।

"तबीयत हरी हो गई, कोदई।" और उसने एक राग अलाप दिया—

दिन-रतियाँ साँझ-सकारे
कोइलिया पुकारे
सबके पियावे ले अमरित बोलिया
विरहिनिया के ताना मारे
कोइलिया पुकारे

"वाह जयराम बाबू, का चउताल गाया है! जब से आप गाँव से गए, गाँव सूना हो गया।"

"क्यों कोदई, मेरे जाने से गाँव क्यों सूना होगा? मैं तो इस गाँव में सबसे आवारा, निकम्मा, लम्पट आदमी था। इस गाँव में तो एक से एक इज्जतदार लोग हैं। मेरे चाचा नारायण जी हैं, सभापति श्यामबिहारी जी हैं, नेता भगवान जी हैं, पुरोहित लक्ष्मीधर जी हैं, मास्टर राजकिशोर जी हैं। इतने-इतने महारथियों के होते गाँव कैसे सूना हो गया, कोदई?"

"सब लोग तो हैं बाबू, लेकिन आप नहीं हैं। अब का बताया जाए

कि ये लोग का हैं। ये सभी नम्बरी हैं। दूसरों का छीन-झपटकर अपना घर भरना ही इनका काम रह गया है। आपके साथ जो सलूक इन लोगों ने किया, वह का आदमी का सलूक था। आपके चाचा ने बेईमानी से आपका खेत ले लिया और आपकी इतनी दुरगति की, ये सभापति, नेता, मास्टर, पुरोहित क्यों नहीं बोले? ये लोग धरम-करम को लेकर इतना लेक्चर झाड़ते हैं, लेकिन खुद केतना अधरम करते हैं, इसे काहे नहीं देखते। आपने मल्लाह की लड़की से सादी करनी चाही तो इन लोगों को गाँव की इज्जत खतरे में लगी और जब पुरोहित के लड़के को चमारों ने बाँधकर मारा और उसके मुँह में अपनी हाँडी का जूठा भात डाल दिया, तब इनकी इज्जत नहीं गई? ससुरू आए थे चमरौटी में घाटि करने। जब मास्टर राजकिशोर की बेटी दूसरे गाँव के पासी के साथ भागी जा रही तब इज्जत नहीं गई, जब सभापति का लड़का नेताजी की लड़की के साथ पकड़ा गया तब इज्जत नहीं गई?"

"बड़े-बड़े पुण्य कार्य हो रहे हैं कोदई, इस गाँव में। मुझे कुछ मालूम ही नहीं था। और मालूम होकर भी क्या होगा? अब तो मेरी दुनिया उजड़ चुकी है।"

"दुनिया आपही की नहीं उजड़ी है केतनों की उजड़ गई है। हरिजनों की तो जान साँसत में है, बबुआ! पुरोहित के बेटे की पिटाई हुई तो हरिजनों पर आफत आ गई। बड़ी जाति के लोगों को यह देखकर अचरज होगा कि घाटि करने के जुरुम में चमार उन्हें पीट सकते हैं। अब तक तो वे हमारी बहू-बेटियों से खेलवाड़ करने का हक समझते रहे हैं। लेकिन अब नहीं सहा जाएगा। हमारी टोली के कुछ लड़के भी शहर में पढ़ने लगे हैं और उन्होंने ही चमरौटी में आग पैदा की है। बड़ी जाति के लोगों ने उन्हें मारा भी, उनके घर चोरियाँ भी करवाईं, और क्या-क्या नहीं किया।"

"कोदई, तुम इतना बढ़-बढ़कर बोल रहे हो, कोई सुन लेगा तो?"

"कोई सुन लेगा तो क्या हो जाएगा? बबुआ, अब हरिजन टोली वह नहीं रही। हमें इन बड़आदमियों की फिकर नहीं है। हमारे पास क्या है जो लेंगे। हमारे पास मेहनत है, उसके लिए ये लोग सौ चक्कर काटते हैं। इन्हें अब मजूरे नहीं मिलते। हम लोगों के बच्चे शहर निकल गए हैं।

वहाँ से कुछ कमा-धमाकर भेजते हैं। इहाँ तो मजूरों का अकाल पड़ता जा रहा है। एही लिए ये बाबू लोग हम लोगों को गालियाँ भी देते हैं और चिरौरी भी करते हैं। अब हम लोगों ने भी ठान लिया है कि जिएँगे तो आदमी की तरह जिएँगे, नहीं तो मर जाएँगे।"

जयराम ने अनुभव किया कि इन दस वर्षों में गाँव कितना बदल गया है। एक ओर बड़ी जाति वाले पहले से ज्यादा हरामी हो गए हैं, दूसरी ओर छोटी जातियों में जीने की आग पैदा हो गई है।

"आप कहाँ रहते हैं जयराम बाबू, कुछ अपनी तो बताइए।"

"जोगी हूँ, कोदई, मेरा क्या? जब से इस गाँव से निकला हूँ, भटक ही रहा हूँ। कोई एक ठिकाना तो है नहीं, कभी यहाँ हुआ कभी वहाँ हुआ। कभी कोई रूप धरता हूँ, कभी कोई रूप। कभी कुछ खाने को मिल जाता है, कभी भूखा ही सो जाता हूँ। कभी कोई काम कर लेता हूँ, कभी केवल घूमता हूँ।"

"अरे हाँ बबुआ, हमने तो खाने-पीने को पूछा ही नहीं। और पूछूँ भी क्या? मैं आपको खिला भी तो नहीं सकता हूँ।"

"नहीं कोदई, सो बात नहीं, मुझे तुम्हारे यहाँ खाने में क्या एतराज हो सकता है। मेरे लिए तुम नहीं, वे सब अछूत हैं। मैंने खा लिया है।"

"झूठ बोल रहे हैं। कब से तो आप इहाँ बैठे हैं, खाना कब खा लिया? बिटिया!" उसने पुकारा।

"हाँ बाबू।" बेटी ने झाँककर जवाब दिया।

"खाना ले आना। एक थाली जयराम बाबू के लिए भी।"

"नहीं-नहीं, मैं नहीं खाऊँगा। खा चुका हूँ।"

तब तक उसकी बेटी दो थाली में जौ की मोटी-मोटी रोटियाँ और मटर की दाल लेकर हाजिर हो गई।

"नहीं, मैं नहीं खाऊँगा, बेटी!"

"मैं जानता था बाबू कि संस्कार बदलना बहुत मुसकिल है। ले जा बेटी, ई थाली ले जा।"

अब तक जयराम ने देखा—उधर से उसके चाचा आ रहे हैं। जयराम ने झपटकर थाली ले ली और मुस्कराकर खाने लगा। कोदई भी मुस्कराया।

"धुत् साला, थू!" कहकर उसके चाचा आगे बढ़ गए।

"बहुत बढ़िया रोटी पकाई है बेटी ने। वाह-वाह!" जयराम ने जोर से कहा।

उसके चाचा ने मुड़कर देखा। जयराम मुस्करा पड़ा। कोदई भी मुस्करा रहा था।

"धुत् साला, चमार हो गया। और इस चमार की हिम्मत तो देखो कि अपने घर खिला रहा है। देखूँगा।" कहकर चाचा आगे बढ़ गया।

"क्या नाम है बिटिया का?"

"गोमती। सातवीं में पढ़ती है।"

"वाह-वाह, बहुत अच्छा!"

"अरे अच्छा क्या, सारा गाँव ताना मारता है कि साले चमार-सियार अब अपनी लड़कियों को पढ़ाकर कलट्टर बनाएँगे।"

"बकने दो सालों को।"

"इसकूल में भी सबसे किनारे बैठाई जाती है। बाबुओं की लड़कियाँ अपने साथ नहीं बैठातीं और उनके भाई लोग मेरी बेटी का गोड़ धोकर पीने के लिए तैयार हैं। छिप-छिपकर इसारे करते हैं, पइसा दिखाते हैं। लेकिन गोमती बहुत तेज है। एकाध की मरम्मत भी कर चुकी है।" फिर उसके चेहरे पर चिन्ता का भाव उग आया, "लेकिन इन जानवरों के बीच में कब तक वह अपनी लाज बचाएगी। सोचता हूँ अब इसकी सादी कर दूँ।"

"अरे अभी पढ़ने दो। पढ़कर कुछ बन जाएगी।"

"नहीं बाबू, हमारी जाति में तो बहुत छोटपन में ही सादी हो जाती है। उस लेहाज से तो गोमती बहुत बड़ी हो गई है। कुछ बनना हम लोगों की तकदीर में कहाँ है?"

"अच्छा, मैं चलूँ, कोदई!"

"कहाँ?"

"बस रमता जोगी बहता पानी—इनसे 'कहाँ' नहीं पूछा जाता।"

उसने लोटे में पानी भर लिया और चल पड़ा वनखंडी की ओर।

कितनी प्यारी लड़की है गोमती! कितनी सुन्दर, कितनी साफ, कितनी सुशील! पढ़ने में तेज! आखिर इसका पाप इतना ही है न कि हरिजन कुल

में पैदा हुई है। छोटी जाति के कुल में पैदा होने का पाप फुलवा ने भी तो किया था। उफ, यह एक पाप क्या-क्या सजा नहीं देता। हे प्रभो, यह सजा गोमती को मत देना। गोमती पगली, तू भी कहीं किसी मुझ जैसे पागल को दिल न दे बैठना।

अँगिया दरक मोरी जाय
बलम तोसे होरी न खेलबों

कोई राहगीर गाता हुआ निकल गया।

वाह भाई वाह, क्या फाग गाया। वह धीरे-धीरे यह कड़ी गुनगुनाने लगा। धीरे-धीरे उसकी गुनगुनाहट में एक दर्द उभरने लगा। स्मृति की एक घाटी खुलने लगी।

उसने फुलवा से कहा था, "इस साल मैं तुझसे होली खेलूँगा।"

"धत्" कहकर वह लजा गई थी। दूसरे दिन जब वह उसका खेत काट रही थी तो जयराम ने मजूरनों को ललकारा, "अरे, फागुन के महीने में तुम लोग क्या मरे मन से खेत काट रही हो, कुछ गाओ। बड़े भाग्य से यह महीना आता है।"

"गा रे, गा रे, तू गा रे..." सब एक-दूसरे को कोंचने लगी थीं कि फुलवा ने शुरू किया—

अँगिया दरक मोरी जाय
बलम तोसे होरी न खेलबों

इतना मीठा स्वर है इसका, उसे मालूम न था। फुलवा ने गाते-गाते कनखियों से उसकी ओर देखा और शरारत से मुस्करा उठी। वह भीतर तक दहक उठा।

फुलवा और उसकी साथिनें गाती रहीं और वह न जाने कहाँ खो गया था। जब गीत बन्द हुआ तो जैसे सोते से जागा, "वाह-वाह फुलवा, क्या गला पाया है।"

फुलवा शरमा गई। क्या दृश्य था वह! फागुनी हवा सब कुछ उड़ाती भागी जा रही थी। कोई कहाँ तक आँचल सँभाले, कोई कहाँ तक मन

सँभाले। होली के दिन वह फुलवा से होली नहीं खेल सका। रिवाज तो मरदों का मरदों से और औरतों का औरतों से होली खेलने का है। वह किस बहाने उससे होली खेलता! वह लोटे में रंग लेकर लड़कियों के साथ उसके दरवाजे पर से गुजरी तो दोनों की एक नजर मिली। फुलवा ने सबसे छिपकर उसे अँगूठा दिखा दिया कि लो खेल ली न मुझसे होली।

वह लोटे में पानी लेकर फिर वनखंडी में पहुँच गया और अपना बाजा निकालकर छेड़ा, 'किंर किंकी किंर किंकी,' हवा लोटती रही, उसकी सारंगी का स्वर लोटता रहा, एक अजीब मोहक उदासी वातावरण में फैली हुई थी।

एकाएक उसके पेट में दर्द हुआ और वह लोटा लेकर अरहर के खेत की ओर चल पड़ा। वह सघन खेत के काफी बीच में पहुँच गया। एकाएक दो व्यक्ति खेत में से उठकर भड़भड़ाकर भागे। जयराम ने देखा—एक लड़का, एक लड़की। उसने उन्हें पहचान लिया कि लड़के महोदय और कोई नहीं उसके चचेरे भाई हैं, चाचाजी की शान और इज्जत और लड़की सभापति जी की लड़की है। गाँव के दोनों इज्जतदारों की इज्जत अरहर के खेत में पनप रही है।

क्या दुनिया है! कैसा झूठ है—चारों ओर राज्य करता हुआ! सत्य मार खाने के लिए ही बना हुआ है क्या? इन दोनों इज्जतदारों ने उसे मारा था, वे ही उसके देश निकाले और फुलवा की मौत के जिम्मेदार हैं। अब ये साले अपने-अपने घरों में चलने वाले घिनौने व्यापारों को नहीं देखते। इन्हें कोई कहे भी तो झूठ कहकर टाल देंगे और कहने वाले को ही दोषी ठहरा देंगे। सब कुछ ठीक है, भाई-बहन का व्यभिचार भी ठीक है, यदि वह अँधेरे में चलता रहे। आखिर चाचा नारायण जी के सुपुत्र और सभापति श्यामबिहारी की सुपुत्री भाई-बहन ही तो हैं।

थुड़ी है इन इज्जतदारों पर। इच्छा तो हो रही है अभी चलकर गाँव में शोर करे और इन इज्जतदारों का भंडाफोड़ करे, लेकिन कौन पतियाएगा? और क्यों करे? उसे क्या लेना-देना है इस गाँव से। उसका तो सब कुछ लुट ही गया। अब क्या है जिसका मोह पालकर यह सब कुछ करे।

वह आकर पलाश की छाँह में लेट गया। फुलवा का पलाश के

फूल-सा प्यारा-प्यारा रूप उसकी आँखों में भर उठा। उसे देर तक सँभाले रहा फिर धीरे-धीरे अतीत की घाटियों में भटकने लगा।

पढ़ाई-लिखाई से छुट्टी पाकर वह निर्द्वंद्व हो गया था। वह घर से बाहर निकल जाता तो या तो अहीरों के लड़कों के साथ मिलकर गुल्ली-डंडा खेलता या किसी पेड़ की एकान्त छाया में सोता रहता। शाम को जब घर पहुँचता तो पुरस्कार में उसे मार और उपवास का प्रसाद मिलता। किन्तु वह इसका आदी हो गया था। चाचा-परिवार उससे आजिज आ गया था। मगर बहुत झल्लाने के बावजूद उसे झेलना ही पड़ता। आठ बीघे खेत कम तो नहीं होते।

उसकी शोहरत गाँव से बाहर जाकर रिश्तेदारों में भी फैल गई। कौन कसाई बाप होगा जो ऐसे आवारा के हाथों अपनी बेटी सौंपेगा। चाचा-परिवार भीतर-ही-भीतर खुश था शादी न होने से। उसकी शादी से अधिक उसके आठ बीघे खेतों का मूल्य उसके लिए ज्यादा था।

बीस-इक्कीस वर्ष का होने के बावजूद उसकी शादी नहीं हुई। वह निरन्तर एकान्त-प्रेमी होता गया और गुमसुम रहने लगा। परिवार की उपेक्षा, गाँव की उपेक्षा, जरजवार की उपेक्षा। तनहाई काटने के लिए उसने अपने में डूबना शुरू किया। अपने में डूबकर धीरे-धीरे कलाकार होने लगा। एक दिन भीख माँगने वाले एक लड़के के पास कुकुही देखी। उसका स्वर उसे बहुत दर्दीला लगा, अपने स्वर जैसा ही। उसने उसे बनाने का तरीका पूछा। कई बार बनाने की कोशिश की और एक बार सफल हो गया। वह कुकुही पर हाथ फेरता और एक दिन ऐसा आया कि बिना किसी गुरु के ही वह उस कुकुही में से दर्द की लहरें पैदा करने लगा। जब कभी उसका मन कुकुही से ऊबता तो चाकू से बाँस काट-काटकर उसे नई-नई छड़ी का आकार देता। कभी टेढ़ी, कभी सीधी, कभी बकुलीदार, कभी मुठियादार। इससे मन ऊबता तो कभी-कभी सूई से कपड़े के टुकड़ों को जोड़-जोड़कर बास्केट, जैकेट और टोपी सीता। उसने उन दिनों अपने लिए एक कुबरीनुमा छड़ी, एक बास्केट, और बाँस के पत्तों और कपड़ों को मिलाकर एक हैट बना लिया था। इस पोशाक में वह पूरा जोकर लगता था। वह कभी-कभी गाँव के बाहर वाले टीले

पर बैठकर सामने फैले हुए वनखंडी के अगाध वीराने में कुकुही पर दर्दीला राग छेड़ देता—जैसे किसी को पुकार रहा हो। कुकुही का स्वर भटक-भटककर व्यर्थ लौट आता। तब वह उदासी की साँस खींचकर कहीं चल देता।

वैसे ही वह उस दिन भटक रहा था। फागुनी हवा वनखंडी के पलाशों को लहका रही थी। एक लड़की वनखंडी में लकड़ी चुनने आई थी। उसकी छवि देखकर वह लड़की मुँह में आँचल ठूँसकर हँस रही थी। उसकी निगाह उधर पड़ी तो वह सहम गई। उसकी हँसी बन्द हो गई थी किन्तु लगता था कि उसके दबाव को तोड़कर उसकी हँसी अब फूट पड़ेगी, तब फूट पड़ेगी। वह ठहर गया। कौन है यह लड़की? इसे कभी देखा नहीं। बाल खुले हुए, सत्रह-अठारह साल की गोरी स्वस्थ लड़की। सुन्दर चेहरा धूप में तमतमाकर पलाश का फूल बन रहा है। उसे देखकर हँसती क्यों है?

"कौन हो तुम? कहाँ रहती हो?" उसने पूछा।

उस लड़की ने मुस्कराते हुए उसके गाँव की ओर इशारा किया।

"यहाँ! मेरे गाँव में? मगर तुम्हें कभी देखा नहीं।"

"मैं महीने-भर से आई हुई हूँ। मेहमान हूँ।"

"किसके यहाँ।"

"गोकुल माँझी के यहाँ।"

"क्या लगती हो उसकी?"

"साली।"

"तो तुम एक महीने से आई हुई हो दिखाई नहीं पड़ीं?"

वह लड़की उसकी जोकरी छवि पर ठठाकर हँसती हुई बोली, "दिखाई पड़ना जरूरी है क्या? और आप तो अपनी ही दुनिया में खोए रहते हैं, दूसरों को जानने की फुरसत ही कहाँ है? लेकिन मैं जब से आई हूँ, तभी से आपको जानती हूँ। और मुझे मालूम है..." वह वाक्य पूरा किए बिना ठिं-ठिं-ठिं करके हँसने लगी।

वह कुछ गम्भीर हो गया। बोला, "तो तुम मेरे बारे में सब कुछ जानती हो। चलो अच्छा ही हुआ। तुम्हीं क्या सभी समझते हैं कि मैं अपनी

ही दुनिया में खोया रहता हूँ। लेकिन कोई यह नहीं सोचता कि मेरी कोई दुनिया है भी कि नहीं। अपनेपन की भूख बहुत भयानक होती है, लड़की! इस कुकुही की टेर में उसी भूख को भूलता-फिरता हूँ। मुझे सभी भोंदू, बेवकूफ और पागल समझते हैं, बस आदमी ही नहीं समझते। सब हँसते हैं, हँसो, तुम भी हँसो। मैं किसी की हँसी की परवाह नहीं करता हूँ।"

लड़की की हँसती हुई आँखें धीरे-धीरे नम हो आईं। उसे जैसे उसके दर्द में अपना ही दर्द भीगता हुआ जान पड़ा। एक पलाश का फूल हवा में नाचता हुआ उस लड़की के सिर को छूता हुआ उसकी छाती से जा टकराया।

"अच्छा, जाओ लड़की, कोई किसी को दुखी क्यों करे?" कहकर वह आगे बढ़ गया। दो कदम जाकर रुक गया और मुड़कर पूछा, "क्या नाम है तुम्हारा?"

"फुलवा।"

"अभी दो-चार दिन रहोगी?"

"अब यहीं रहूँगी।"

उसने अपनी कुकुही को छेड़ दिया, कुकुही झनझना उठी। फुलवा देखती रही और देखती रही पलाश के फूल धूप में कुछ और चटक गए थे।

उसे ऐसा लगा कि उसके सूनेपन में कोई आग लगा गया हो। उस दिन के बाद उसके भीतर एक अजीब उत्साह भर गया था, वह फुलवा को देखना चाहता था, मिलना चाहता था, लेकिन न जाने क्यों एक अज्ञात संकोच उसे घेर लेता था। वह सोचता—न जाने क्यों फुलवा फिर इस वनखंडी में लकड़ी बीनने नहीं आई। क्या उससे डर गई या उसकी किसी बात का बुरा मान गई?

वह वनखंडी में बैठकर कुकुही बजाता और लगता कि उसके हर स्वर में फुलवा का नाम ही झनझना रहा है। वह अब अधिक प्रसन्न दीखने लगा था, लोगों से हँस-हँसकर बातें भी कर लेता था। लोगों के मजाक का उत्तर मजाक में देता था। जोकरी रूप भी छोड़ दिया था। वह फुलवा से मिलना चाहता था। वह कभी-कभी दिखाई पड़ जाती थी लेकिन बोले बिना चली जाती थी।

मंजरियों से लदी अमराई के एकान्त में एक शाम फुलवा उसे मिल गई। उसने हिम्मत के साथ उसे रोक लिया।

"बुरा मान गई, फुलवा!"

"ना-ना बुरा क्यों मानूँगी?" कहकर वह लजा गई। उसके गाल पलाश के फूल बन गए। वह दूसरी ओर मुँह करके दाहिने पैर के अँगूठे से जमीन कुरेदने लगी।

"फुलवा, पता नहीं, मुझे क्यों लगता है कि तूने मेरे जनम-जनम के अन्धकार में एक किरन फेंक दी है। तेरा एहसान कभी नहीं भूलूँगा।"

फुलवा की लज्जा और गाढ़ी हो गई, उसने आँखें गड़ाए-गड़ाए ही कहा, "ना-ना, जय बाबू, इसमें एहसान की क्या बात है? हाँ, मन में यह तड़प जरूर उठती है कि मैं आपके किसी काम आ सकती।"

"तुम्हें ऐसा क्यों लगता है, फुलवा? सारी दुनिया तो मुझ पर थूकती है, गालियाँ देती है।"

"यह तो मुझे नहीं मालूम जय बाबू, लेकिन जिस दिन आपसे भेंट हुई उसी दिन से न जाने मुझे क्या हो गया? उसी दिन से लगता है कि मेरे भीतर जमी हुई कोई सतह टूट गई और एक धारा नीचे से ऊपर आना चाहती है।"

"यही बात तो मेरे साथ भी हुई, फुलवा! न जाने वह कौन तार है जो एकाएक हम दोनों के बीच जुड़ गया।"

"वह तार दरद का है, जय बाबू! जो दरद आपका है, वही मेरा है। आपको देखते ही मुझे लगा कि मैं अकेली नहीं हूँ, कोई मेरे जैसा भी है।"

दोनों चुप हो गए।

"आप नहीं जानते जय बाबू, मेरे दरद को, लेकिन आपका दरद उसे जानता है। मैं जनम की दुखियारी हूँ, जय बाबू! पैदा होते ही मैंने एक के बाद एक माई और बपई को खा लिया और शादी के बाद मरद को खा गई। कोई बच्चा भी तो नहीं हुआ जिसके सहारे जिनगी काटती। हाय, बच्चे मुझे बहुत प्यारे लगते हैं।"

"तू खा गई, पगली? अपने को इस कदर पापी बनाने से क्या फायदा?"

"मैं नहीं बना रही हूँ, दुनिया बना रही है। दुनिया की गाली खाते-खाते मैं यह मानने लगी कि मैं डायन हूँ, जहाँ जाती हूँ खा जाती हूँ। वैसे मेरा मरद मुझे बहुत मानता था लेकिन उसके मरने के बाद मेरी जो दुरदसा हुई उसे मत पूछिए, जय बाबू। मैंने अपनी बहन को आँसू से भीजा हुआ सनेस भेजा कि 'बुला लो, नहीं तो मैं डूब मरूँगी।' उसने सनेस भेजा—'चली आओ, वहाँ नरक में क्या पड़ी हो?' मैं रात के अँधेरे में भाग खड़ी हुई। यहाँ आई तो बहन ने दूसरी शादी के लिए कई बार कहा, लेकिन मुझे अब तो आदमी से डर लगने लगा है लेकिन न जाने आप में क्या देखा उस दिन, जिसे दुनिया नहीं देख पाती।"

"बस-बस फुलवा, इतना बहुत है। इतने विश्वास पर तो मैं पूरा जीवन हँसते-गाते काट दूँगा। बस मुझे इतना लगा करे कि मैं किसी के लिए जी रहा हूँ, किसी के लिए मर रहा हूँ।"

"इतना बड़ा विश्वास दिला सकूँ, मुझमें ऐसा कौन-सा गुन है, जय बाबू! मैं छोटी जाति की, अभागिनी, दूसरे के आसरे पलने वाली अनाथ लड़की। इतनी बड़ी जिम्मेवारी का निबाह क्या कर पाऊँगी, जय बाबू? डर लगता है।"

"अरी लड़की, मैं किसी से डरता थोड़े न हूँ। दुनिया का धरम-करम बहुत देख लिया। बड़ी जाति असल में कितनी सच्ची और पवित्र है—यह मुझसे अधिक कौन जान सकता है, फुलवा! मैं उसे ठोकर मार दूँगा, तुम्हारे लिए मैं मिट जाऊँगा, फुलवा! बस, जरा-सा अपना विश्वास पकड़ा दे।" कहते-कहते वह हाँफने लगा।

उसकी आँखों में एक उल्लास चमक आया। फुलवा न जाने क्या गुमसुम सोच रही थी।

"एक बात कहूँ, बाबू मानोगे?"

"कहकर देख ले, फुलवा!"

"तुम कुछ घर-गृहस्थी का काम सँभालो। तुम्हें कोई आवारा कहता है तो मुझे बरदास्त नहीं होता।"

"अरे गोली मार साली दुनिया को, फुलवा! बड़ी आई वह आवारा कहने वाली..."

वह मस्ती में झूमता हुआ चला गया।

किन्तु दूसरे दिन जब असल सुबह वह अपनी खाद के घूर को उठा-उठाकर खेत में फेंकता हुआ दिखाई पड़ा, तो लोगों के विस्मय का ठिकाना न रहा।

"अरे, यह जयराम है!"

"हाँ-हाँ, यह जयराम ही है।" चाचा ने मुँह बिचकाकर कहा, "पागलपन और गहरा रहा है।"

चाचाजी ने हाथ मटकाकर कहा, "अरे नहीं जानते, जब बैठकर हूरते-हूरते कुछ शरम आई है, तो लोगों को दिखाने के लिए काम का नाटक करने चला है दहिजरा। मैं इसकी नस-नस पहचानती हूँ। मौत भी नहीं आती अभागे को।"

उसने सुना तो तिलमिलाकर रह गया। उसकी इच्छा हुई कि कुदाली-खाँची फेंक-फाँककर कहीं चल दे। किन्तु फुलवा ने कहा है।

वह रोज-रोज चाचा-परिवार और गाँव वालों की जहरीली टिप्पणियों को पीकर भी काम करता रहा। दुनिया ने उसकी कुकुही और कुदाली में अन्तर नहीं समझा, तो न समझे, फुलवा के सन्तोष के लिए वह सब कुछ कर सकता है।

और एक दिन यह बात उजागर हो गई कि फुलवा और उसमें आसनाई चल रही है। दरअसल फुलवा के बहनोई गोकुल ने ही यह प्रचार किया था। वह खुद ही फुलवा पर लार टपका रहा था। वह उसे दूसरी बीवी बनाकर रखना चाहता था, लेकिन फुलवा ने ही दृढ़ता से कह दिया कि वह जयराम बाबू से प्रेम करती है। उन्हीं के साथ जिनगी बिताएगी।

कौन किसी की आसनाई पकड़े हुए है, सभी करते हैं मौका मिलने पर लेकिन छिपकर। लेकिन इस मुँहझौंसे को तो देखो, खुलेआम मल्लाह की लड़की से परेम फरमा रहा है। सब लोग इसे बौड़म समझते रहे लेकिन यह तो जहरीला साँप निकला।

उसकी जाति वालों ने उसे बहुत कोसा, "अरे लम्पट, सारंगी लेकर जोगी तो पहले ही हो गया था अब मल्लाह भी हो गया। तुझे मल्लाह की विधवा लड़की ही मिली है आशनाई करने के लिए? तू पैदा होते ही

मर क्यों नहीं गया? साला गाँव की नाक कटा रहा है।"

उसका इतने दिनों का जमा हुआ क्रोध यों उमड़ आया कि गाँव के बुद्धिमान लोगों को ठकमुर्री मार गई। उसने बड़े दृढ़ स्वर में उत्तर दिया, "आप लोग मेरे साथ अनाप-शनाप मत बकिए। मैं गाँव की नाक रखने वाले हर आदमी को जानता हूँ। फुलवा का मेरा सम्बन्ध लुके-छिपे का सम्बन्ध नहीं है, जाहिरी तौर का है। मैं उसे प्रेम करता हूँ।"

"यानी शादी करोगे मल्लाह की लड़की से!" एक व्यक्ति ने व्यंग्य कसा।

"हाँ-हाँ, चाहो तो यही कह लो।" बड़े निर्भीक शब्दों में उसने कहा।

आगे बढ़कर चाचा ने एक जोर का थप्पड़ उसके गाल पर जड़ दिया। चाचा से थप्पड़ खाना उसके लिए नई बात नहीं थी, मगर इस थप्पड़ ने उसके मन की सारी संवेदनाओं को आहत कर दिया। उसने घूमकर आँखों में आग भरकर चाचा को देखा। चाचा सहम गए। किन्तु फिर अपने आहत अभिमान को सँभालकर आगे बढ़े और चाँटा मारने ही वाले थे कि जयराम ने डपटा, "खबरदार! बाँह तोड़कर रख दूँगा। अब मैं वह पत्थर नहीं हूँ, जो चुपचाप आपकी लात-गारी सहता आया है। अब मुझे भी दर्द होने लगा है। आप छिप-छिपकर चमरौटी में जाना छोड़िए तब मुझे सीख दीजिएगा।"

लोग अवाक् थे। किसी ने पीछे से आवाज कसी, "हाँ-हाँ, मल्लाहिन ने जगा दिया है गबया को।" लोग हँसने लगे। किन्तु उसकी आँखें वैसी ही आग-सी उगलती रहीं।

चाचा ने हाँफते हुए कहा, "पापी, मल्लाहिन रखने वाला विधर्मी, निकल जा मेरे घर से। अब तक इस आवारा साले का नाव जैसा पेट भरते-भरते हड्डी टूट गई। उसी का बदला चुका रहा है! मुझे बेभिचारी कह रहा है!"

उसकी आवाज तड़पी, "मैं किसी का एहसान नहीं चाहता, चाचाजी! बचपन से ही पीट-पीटकर आपने मुझे जड़ बना दिया। घृणा और मार के अलावा आपने इस अनाथ बालक को क्या दिया? ऐसे पापी घर में रहना नरक में रहना है। मैं इसीलिए दिन-दिन भर बाहर भागता फिरा।

मुझे आपके घर में रहने की इच्छा खुद ही नहीं है। आप मेरे आठ बीघे खेत अलग कर दीजिए, आप अपने रास्ते, मैं अपने रास्ते।"

"कैसे तेरे खेत? वे तो तेरे पेट में हैं। जा भाग जा, पापी, आज से अपनी सूरत मत दिखाना।"

"क्या कहा। मेरे खेत आपके पास नहीं? आठ बीघे मेरे खेत क्या हो गए?"

उसने वहाँ खड़े सभापति जी, नेताजी, पुरोहित जी सबसे फरियाद की किन्तु सबने कहा, "भाई, यह तुम्हारे घर का मामला है, हम क्या कर सकते हैं? और तुम्हारे जैसे बेधरमी के लिए तो गाँव में वैसे ही जगह नहीं होनी चाहिए।"

चाचाजी बिना कुछ बोले वहाँ से चले गए। चाचाजी की गुंडई के डर से, और कुछ उसके प्रति घृणा की वजह से गाँव वाले भी कुछ नहीं बोले, सभी यहाँ-वहाँ सरक गए।

वह बहुत दिनों बाद जागा। सारा खेल खत्म हो गया था। चाचाजी ने पटवारी से मिल-जुलकर सारे खेत अपने नाम करा लिये थे। उसकी इच्छा हुई कि वह मुकदमा लड़े किन्तु चाचा के खिलाफ गवाही कौन देगा? कोई भी तैयार नहीं हुआ। और अब तो समस्या थी रोटी की। मुकदमे के लिए पैसे कहाँ से आएँगे? सोचते-सोचते वह टूट गया। संसार के प्रति एक अद्‌भुत तिक्तता की अनुभूति से भर गया। इन सारी तिक्तताओं के बीच शहद की बूँद-सी फुलवा।

सोचा कि फुलवा से मिल-जुलकर आगे का कार्यक्रम सोचे। उसकी इच्छा हुई कि भाग चले इस गाँव से दूर। कहीं चलकर मेहनत-मजूरी करे और फुलवा के साथ आदमी की जिन्दगी जिए।

लेकिन उस दिन फुलवा नहीं मिली। वह घर के एक कोने में दुबकी हुई सिसक रही थी। उसके कारण उसके बहनोई ने उसकी बहन को पीटा था। उसका बहनोई बहुत दिनों से फुलवा के गदराए यौवन पर दृष्टि धँसाए था। मगर वह उसके पंजे में कभी नहीं आई। उसने जयराम के साथ उसकी आशनाई का समाचार सुना तो एक अद्‌भुत प्रतिक्रिया के क्रोध से भर गया।

"भला देखो तो—हरजाई रहती है मेरे घर में, खाती है मेरा, पहनती है मेरा और आशनाई करने चली उस गबया से। आज उसने जाति में मेरी बदनामी कराई है, आए तो उसे पीटकर रख दूँगा।"

उसकी औरत ने उसका विरोध किया, "बड़े आए हो मारने वाले! मार ही खानी थी तो अपनी ससुराल में क्या बुरी थी? उस पर कोई अहसान नहीं करते। दिनभर हाड़ तोड़कर काम करती है तो दो रोटी खाने को देते हो। कौन होते हो उस पर हाथ उठाने वाले?"

औरत की गरम-गरम बातें सुनकर गोकुल मल्लाह ने उसी पर सारा गुस्सा उतार दिया बोला, "तो पोस घर में हरजाई को! जैसी तू वैसी वह!"

फुलवा काम-धाम करके घर आई तो सारी कथा सुनी। बहन ने भी जयराम से सम्बन्ध जोड़ने के लिए भला-बुरा कहा। फुलवा बैठी रो रही थी। अतः उस दिन वह उससे नहीं मिल सका।

दूसरे दिन शाम को वनखंडी में बैठकर जयराम ने फिर कुकुही पकड़ ली। झनझनाने लगा—

फु...ल...वा...रे...ए...ए...

फुलवा कल से ही उससे मिलने के लिए तड़प रही थी। उसने विश्वास दिया है, उसको। फुलवा धीरे-धीरे जाकर एक पेड़ की छाँह में खड़ी हो गई। वह तल्लीन होकर कुकुही बजा रहा था।

"जय बाबू!"

"तुम आ गई फुलवा!"

फुलवा कुछ नहीं बोली, झर-झर रोती रही।

"फुलवा, रोती क्यों है, पगली! चल इस गाँव से निकल चलें, कहीं दूर, जहाँ कोई हम लोगों की जाति-पाँति न समझे। हम लोग वहाँ मेहनत-मजदूरी करके खाएँ और आदमी की तरह जिएँ। बड़ा जालिम है यह गाँव, प्यारी!"

फुलवा आँसू झरती रही, कुछ नहीं बोली।

"बोल-बोल, फुलवा! कुछ तो बोल। मैं तो एकदम टूट गया हूँ, तू ही बस सहारा है, मेरी मौत और जिन्दगी का फैसला तेरे ही हाथ में है। तू भी चुप रहेगी तब क्या होगा!" उसकी आँखें भर आईं।

"मैं क्या बोलूँ, जयराम बाबू! कभी-कभी सोचती हूँ कि कितनी अभागी हूँ। लोग कहते हैं कि मैंने बचपन में ही अपने माँ-बाप को खा डाला, फिर अपने पति को खा डाला, फिर अब तुम्हारी जिन्दगी में कूदकर तुम्हें बरबाद करने पर तुली हूँ। तुम्हारा धरम बिगाड़ा। लोग मुझे क्या कहेंगे, क्या कहेंगे? भगवान क्या सजा देगा? किन्तु क्या करूँ, बाबू! मन ऐसा पापी है जो दुनिया में किसी के पास ठहरता ही नहीं, सभी जगह उसे पाप की तेज गंध आती है। घूम-फिरकर तुम्हारे पास ही लौट आता है।" वह सुबकने लगी।

"फुलवा, हम लोगों का अभाग्य ही हम लोगों के प्रेम का सबसे बड़ा आधार है। यह पाप-पुण्य का लटका छोड़। मैंने वेद-शास्त्र नहीं पढ़े हैं, लेकिन जिन्दगी जीते-जीते इतना सीख गया हूँ कि प्रेम बिना आदमी, आदमी नहीं रह जाता। जिन्दगी टूट जाती है। और वह प्रेम जो आदमी को बल दे, टूटने से उबारे, पवित्र होता है, फुलवा! चाहे वह कहीं से मिले। बोल, मेरे साथ चलेगी?"

"कहाँ?"

"नरक में, स्वर्ग में, आकाश में, पाताल में, कहीं भी इस गाँव से दूर। अब मैं बाभन नहीं हूँ, फुलवा। सिर्फ आदमी हूँ। मजदूरी करके खाऊँगा और तुझे खिलाऊँगा। फेंक दूँगा यह कुकुही तोड़-तोड़कर। बोल चलेगी?"

"चलूँगी।"

उसने उठकर फुलवा को जकड़ने के लिए बाँहें फैलाईं कि पीछे से कुछ बाँहों ने उन्हें पकड़कर मरोड़ दिया। वह एक आह भरकर रह गया। इसके बाद उस पर लात-मुक्कों की जोर से बौछार होने लगी। उसे देखकर फुलवा एक बार जोर से चीख उठी। लेकिन एक आदमी ने लपककर उसका मुँह अपनी हथेली में जकड़ दिया। वह अफनाने लगी। उसकी हालत देखकर वह मूर्च्छित होकर गिर पड़ी। जब वह मार खाते-खाते बेहोश हो गया, तो मारने वाले फुलवा को उठाकर और उसको छोड़कर चले गए। फुलवा को ले जाकर चुपके से एक मकान में बन्द कर दिया।

मूर्च्छा टूटने पर वह सब कुछ समझ गया। उसने बुलाया, "फुलवा! फुलवा!!" किन्तु उस रात के सन्नाटे में उसकी आवाज के अतिरिक्त और कोई आवाज सुनाई नहीं पड़ी।

सुबह वह लँगड़ाता हुआ गाँव की ओर गया तो शोर था कि फुलवा भाग गई, भाग गई। कहीं पास-पड़ोस के गाँव के एक मल्लाह के साथ।

वह तड़पा, चीखा, "झूठ! तुम सभी लोग झूठे हो। फुलवा नहीं भाग सकती। तुम लोगों ने उसकी हत्या कर दी है, उसे खा लिया है, उसे खोजूँगा मैं आकाश में, पाताल में..."

जब दो दिन तक फुलवा की कोई खबर नहीं मिली तो वह धीरे-धीरे गाँव से बाहर हो गया। रास्ते में उसके खेत पड़े, उन्हें जी भरकर देखा; फफककर रोया, फिर आगे बढ़ गया। वनखंडी की वे जगहें रो रही थीं, जहाँ उसकी फुलवा से पहली और आखिरी मुलाकात हुई थी।

उसके बाद में सुना कि उसके जाने के बाद फुलवा की सगाई दूर के एक गाँव के मल्लाह के साथ कर दी गई। फुलवा बहुत चीखी-चिल्लाई फिर शान्त हो गई। उसका पति कलकत्ते में काम करता था। वहीं ले गया फुलवा को। पता नहीं फुलवा को क्या हो गया कि साल के भीतर ही चल बसी।

सब कुछ समाप्त हो गया, जैसे सामने से एक हरा-भरा खेत एकाएक उड़ गया हो। उसने आँखें खोलीं। लगा वे भीग गई हैं।

वह साल भर पता नहीं कहाँ रहता है। जब पलाश फूलते हैं तो दिनभर के लिए उस वनखंडी में लौट आता है। कुकुही बजाता है—

फु...ल...वा...रे...ए...ए...

किन्तु आज न जाने क्यों शाम हो जाने पर भी जयराम वनखंडी से नहीं उठा। उसे लगता था कि वह अपनी मातृभूमि से कटकर भटकते-भटकते थक गया है। आज उसकी जमीन उसे हजार-हजार स्वरों से अपने पास बुला रही है। आज उसे न जाने कैसा-कैसा लग रहा था—जैसे भटकती हुई यात्रा का अन्त आ गया हो। उसे लगता था कि फुलवा और कहीं नहीं, यहीं कहीं समाधि में लीन है। मार डाला इन जालिमों ने उसे यहीं

पर। उसे गाँव के बाहर खोजना व्यर्थ है। सोचते-सोचते रात हो आई। भूखा-प्यासा जयराम उठकर अपने बिछुड़े हुए खेत के पास टहलने लगा। सहसा गाँव की ओर से भयानक शोर सुनाई पड़ा। उधर का आकाश पश्चिमी सन्ध्याकाश-सा लाल हो उठा—गाँव की ओर से लाल-लाल लपटें उठने लगीं। उसे लगा जैसे सारे आकाश में दहकते हुए पलाश के फूल हों। आग लगी है, पवित्र लोगों की बस्ती में आग लगी है। उसे क्या! एक बार इच्छा हुई कि उधर चले। नहीं, जीते-जी इस बस्ती में न जाने का उसने फैसला लिया है।

ऊँची-ऊँची लपटें उठने लगीं। सारा गाँव जलते हुए घर के पास खड़ा होकर हो-हल्ला कर रहा था। पछुआ के वेग के साथ लपटें पूरे गाँव को निगल जाने की चुनौती दे रही थीं। सभी लोग आग बुझाने के उपक्रम में आपाधापी कर रहे थे। सहसा गृहवधू चिल्लाई, "हाय दैया लुट गई, मेरा बच्चा तो घर में ही रह गया।" उपस्थित लोगों में एक अजीब हाहाकर मच गया। घर के लोग चीखने-चिल्लाने लगे। आग में कूदती हुई बहू को लोगों ने पकड़ लिया, मगर आग में कूदकर बच्चे को ले कौन आए? मौत की जीभ की तरह काँपती इन लपटों को कौन पार करे? आग की लपटें बच्चे की ओर चिटचिटाती बढ़ रही थीं।

किसी ने नहीं देखा कब पेड़ की आड़ से निकलकर एक पागल आग की लपटों को चीरता अन्दर घुसा और बच्चे को उसकी गुदड़ी में लपेटकर गिरती कड़ियों से बचाता आग से बाहर आ गया। माँ ने झपटकर बच्चे को गोद में ले लिया, किन्तु वह बुरी तरह जली अवस्था में जमीन पर गिर पड़ा। लोगों ने उसके जलते कपड़ों को तेजी से बुझाया।

लोगों ने पहचाना—यह तो जयराम था। कुछ लोग उसे घेरकर खड़े हो गए। कुछ लोग आग बुझाते रहे। काफी देर में जब आग की लपटें शान्त होने लगीं, तो लोगों ने देखा कि जयराम भी सदा के लिए शान्त हो गया था।

कोई चीखा नहीं, चिल्लाया नहीं, सिर्फ गाँव का एक निकम्मा आदमी ही तो उठ गया था।

लड़की

उसने एक बार देखा, फिर सिर झुकाकर पढ़ने लगी। उसका बड़ा भाई सुड़क-सुड़क दूध पीता रहा।

मैंने पूछा, "क्यों सावित्री, तुम दूध पी चुकी?"

उसने मेरी ओर देखा, कुछ बोली नहीं, पढ़ने लगी।

जाड़े की सुबह थी। घर के सामने धूप निकल आई थी। मैं चारपाई पर बैठा हुआ एक किताब पढ़ रहा था और सामने चटाई पर धूप में मेरे भतीजे के दोनों बच्चे अपना-अपना काम कर रहे थे। लड़का स्वेटर पहने था, पाँव में जूता था। लड़की के पैर नंगे थे और वह केवल सूती फ्रॉक पहने थी।

"ए कोंचता क्यों है, पढ़ने दे।" लड़की चिल्लाई।

मैंने देखा—लड़का उसे कोंच रहा था, उसकी कलम छीन रहा था।

"अपने तो खुद पढ़ता नहीं, मुझे भी नहीं पढ़ने देता। दिन-रात शैतानी करता है।"

लड़की ने लड़के को थोड़ा परे ढकेल दिया। वह थोड़ा लुढ़क गया। वह उठा और बहन के बाल पकड़कर खींचने लगा। लड़की जोर-जोर से चीखने लगी।

मुझे गुस्सा आ रहा था। इच्छा हुई कि उठकर तीन-चार झापड़ इस बदतमीज लौंडे को रसीद कर दूँ, लेकिन अपनी हैसियत समझकर चुप रह गया। दो दिन के लिए मेहमान की तरह शहर से यहाँ आया हूँ, मारने पर पता नहीं क्या प्रतिक्रिया हो माँ-बाप की। इसलिए केवल डाँटा—"छोड़-छोड़, क्यों उसे मार रहा है?"

वह मेरी परवाह किए बिना अपना काम करता रहा। बच्चों की माँ किसी काम से बाहर निकली, दृश्य देखा और चुपचाप फिर अन्दर चली गई। मैंने सोचा—शायद माँ को किसी बात की चिन्ता नहीं है। मैं ही कुछ करूँ।

तब तक लड़की ने आजिज आकर लड़के की बाँह पर दाँत गड़ा दिए।

"अरे बाप, मार डाला।" वह चिल्लाने लगा।

माँ जाते-जाते मुड़ पड़ी। झपटकर आई और बच्चे को गोद में उठा लिया।

"क्या हुआ, रे?"

"इसने काट लिया, अरे बाप रे!" वह और भी जोर से चिल्लाने लगा।

माँ ने लड़की की पीठ पर तीन-चार लात जमाते हुए पूछा, "क्यों री चुड़ैल, इसे काट क्यों लिया?"

लड़की सुबकती हुई बोली, "मैंने काटा नहीं। यह मेरी कलम छीन रहा था। बाल खींच रहा था, छोड़ ही नहीं रहा था। छुड़ाने के लिए मैंने हल्के से दाँत गड़ा दिए।"

"नहीं माँ, इसने जोर से काटा है।"

"चुड़ैल कहीं की! कलम छीन रहा था तो दे दिया होता। पढ़-लिखकर लाट-गवन्नर बनेगी क्या?"

माँ ने कलम छीनकर लड़के को दे दिया। उसे पुचकारते हुए बोली, "लो लिखो, मेरे लाल!"

"हाँ लिखो मेरे लाल!" लड़की ने मुँह चिढ़ाते हुए कहा, "इसे लिखने भी आता है? रोज क्लास में पिटता है।"

"चुप कर और चल काम कर। बैठ गई सवेरे-सवेरे पोथी-पत्रा लेकर। राख पड़ी है खेत में फेंक आ।"

लड़की उठी। थोड़ी देर बाद वह सिर पर राख की खाँची उठाए हुए खेत की ओर जा रही थी और साहबजादे कलम-वलम फेंककर खेलने चले गए।

दोपहर हुई लड़की माँ के इशारों पर भाग-भागकर घर का काम करती रही। मैं अपने भतीजे के साथ खाना खाने बैठा तो देखा—सामने लड़की चुपचाप बैठी है। मैंने पूछा, "सावित्री, तुमने अब तक खाना नहीं खाया क्या? चेहरा उतरा-उतरा-सा है। आओ, तुम भी बैठ जाओ।"

"अरे वह बाद में खा लेगी। खाइए, आप लोग।"

मैंने भतीजे की ओर देखा, उसके चेहरे पर कोई प्रतिक्रिया नहीं थी।

तब तक लड़का कहीं से आ गया—धूल-धूसरित-सा। चिल्लाने लगा, "अरे बड़े जोर की भूख लगी है। माँ खाने को दो।"

"आओ-आओ, मेरे लाल! जल्दी से मुँह-हाथ धो लो, तब तक खाना परस रही हूँ।"

उसने सामने पड़े कटोरे को पाँव से मारा—झन्नअ...और पाँव पटकता हुआ बोला, "नहीं, पहले खाने को दो, भूख लगी है।"

"अच्छा भाई, गुस्सा मत करो। लो, खा लो।" माँ ने झट से उसके सामने थाली रख दी।

मैंने भतीजे की ओर फिर देखा। वह निर्विकार भाव से खाए जा रहा था। लड़की चुपचाप मार खाई-सी अपनी जगह सिमटी-सिकुड़ी बैठी थी। मुझे यह सब बहुत अजीब लग रहा था। लड़की को उदास देखकर खाने की इच्छा नहीं हो रही थी, बस किसी तरह कौर निगल रहा था।

खा-पीकर बरामदे में लेटा था। लड़का वहीं खेल रहा था एकाएक चिल्लाने लगा, "अरे माई रे, पेट में दरद हो रहा है।"

"टट्टी जाओगे?"

"नहीं, दरद हो रहा है।"

मैंने कहा, "लगता है कुछ गड़बड़-सड़बड़ खा लिया है।"

"गड़बड़-सड़बड़ तो कुछ नहीं खाया होगा। हम लोग जो खा रहे हैं, वही यह भी खा रहा है।" बाप ने बयान किया।

"तो ज्यादा खा लिया होगा!"

"अरे कहाँ? यह कमबख्त तो खाता ही नहीं है, बस टूँगता है।"

"हूँ," मैंने कहा, "कल से ही इसे टूँगते हुए देख रहा हूँ।"

"अरे बहुत तेज दरद हो रहा है।" वह चिल्लाया।

"सावित्री!"

"हाँ, बाबूजी!" कहती हुई वह भागी-भागी बाहर आई। उसके हाथ में दाल-भात से भरा कटोरा था। शायद वह खा रही थी, खाते-खाते भाग आई थी।

"देख, खाना-वोना बाद में कर लेना, जरा भागकर वैद्य जी को बुला तो ला। तब तक मैं बनिया के यहाँ जा रहा हूँ सोडा लेने।" फिर वहीं

से चिल्लाकर अपनी पत्नी से कहा, “अरे मुन्ने को सँभालना और थोड़ा पानी गरम करके रखना, इसके पेट में दरद हो रहा है।”

मैंने कटोरे को देखा—दाल और मोटा भात। लेकिन हम लोगों को तो बढ़िया चावल का भात मिला था। और इस लड़की के लिए सब्जी-वब्जी कुछ नहीं।

भतीजा बनिया के यहाँ से झल्लाया हुआ लौटा, “साला कुछ नहीं रखता। दुकान खोल रखी है और जो चीज माँगो, वही नदारद।”

तब तक सावित्री आ गई।

“बाबूजी, वैद्य जी तो कहीं गए हुए हैं।”

“अरे यह कुलच्छिनी जहाँ जाएगी वहीं काम नहीं होगा।” माँ ने टिप्पणी जड़ी।

लड़का चिल्लाए जा रहा था।

“रुको-रुको तुम लोग, परेशान न हों। शायद मेरे पास पेट-दरद की कुछ गोलियाँ हों।”

गोलियाँ मिल गईं। खिलाया। लड़का राहत अनुभव करने लगा। उसे नींद आने लगी। माँ उसे लेकर अन्दर चली गई। और सावित्री से कहती गई—खाकर जूठे बरतन हैं इन्हें माँज डालना।

मैंने सावित्री को गोद में उठा लिया। इस लड़की के लिए मैं भीतर तक आर्द्र हो आया था। उसे प्यार किया, फिर कहा, “तुम्हारा खाना पड़ा है, खा लो, बेटे!”

गोद से उतरकर उसने कटोरा उठा लिया। धीरे-धीरे खाना खाने लगी। एक निरुद्वेग उदासी उसके चेहरे से चिपकी हुई थी।

मैंने कहा, “सावित्री बेटे!”

उसने खाते-खाते चेहरा ऊपर छठाया। जैसे कह रही हो, “हाँ, कहिए।”

“तुम्हें बुरा नहीं लगता?”

“क्या, दादा जी?”

“अरे यही, जो तुम्हारे साथ होता है।”

उसने इनकार में सिर हिलाया।

“क्यों?”
“लड़की हूँ न।”
मैं भीतर तक चरमरा गया। लड़की उसी निरुद्वेग भाव से खाती रही।

आखिरी चिट्ठी

प्रभा की चिट्ठी मिली। यह कोई नई बात नहीं थी। वह लिखती ही रहती थी, लेकिन हर बार चिट्ठी पाकर थोड़ी देर के लिए उसे मेज पर रख देता था। उसे खोलने में एक अजीब दहशत-सी होती थी। पता नहीं, इसमें कौन-सी नई अप्रिय सूचना हो। वैसे भी उसकी चिट्ठियाँ उसकी जीवन यातना की परतें खोलती जाती थीं। कोई नई घटनात्मक सूचना न भी हो तो, क्या भीतर स्थित दर्द के खुलते हुए आयाम कम भयावह थे। हर बार चिट्ठी काफी देर तक कटे हुए पंख की तरह फड़फड़ाती थी, फिर मैं आहिस्ता-आहिस्ता उसे यों खोलता था जैसे उसमें कोई भयानक कीड़ा बन्द होगा और खुलते ही कूदकर मेरे चेहरे पर डंक मार देगा। इस बार भी यही हुआ। लेकिन इस बार गजब ही हो गया। उसे स्थगित करने के क्रम में मैंने उसे चिट्ठियों के ढेर में डाल दिया और दूसरे कामों में यों खोया कि उसकी याद ही उतर गई।

सप्ताह भर बाद पिताजी का पत्र आया। उसे पढ़कर मैं ऐसे उछला जैसे सचमुच आज चिट्ठी से एक कीड़ा उड़कर मेरे चेहरे पर डंक मारने के लिए लपका हो। ‘प्रभा’, मैं भीतर-भीतर ही एक बार चिल्लाया, फिर निढाल होकर कुर्सी पर पसर गया। एकाएक मुझे प्रभा की आखिरी चिट्ठी का ध्यान आया। अरे, उसे तो मैं भूल ही गया था। आखिर मेरी इस भूल का कारण क्या है? उपेक्षा? प्रभा की उपेक्षा? नहीं-नहीं, काम की व्यस्तता। नहीं-नहीं, सही बात क्यों नहीं कहते! क्या चिट्ठी की याद भूलने के पीछे उपेक्षा-भाव नहीं रहा? क्या तुमने यह नहीं सोचा कि आखिर एक ही बात का रोना रोज-रोज कौन सुने? लोगों ने प्रभा की उपेक्षा की

तो तुम्हें बुरा लगा परन्तु तुमने तो उसकी चिट्ठी की ही उपेक्षा कर दी। उफ, ऐसा नहीं, नहीं-नहीं।

मैं बहुत देर तक हतप्रभ बैठा रहा, धीरे-धीरे उठा, चिट्ठियों के ढेर में से पिछली चिट्ठी खोजकर निकाली, कुछ देर तक उसे देखता रहा जैसे उसे खोलने में डर लग रहा था। फिर झटके से लिफाफा फाड़ा और चिट्ठी पढ़ गया।

प्रभा से सीधा मेरा कोई सम्बन्ध नहीं था, लेकिन फिर भी न जाने कितना आत्मीय सम्बन्ध था। वह मेरे ननिहाल की थी, मेरे मामा के घर से उसके पिता का घर सटा हुआ था। ननिहाल के रिश्ते से वह मेरी बहन लगती थी। वह मुझसे चार-पाँच साल छोटी थी। प्रभा के पिता और मेरे पिता दोनों ही बनारस में पोस्टेड थे। हमारे मकान की बगल में ही प्रभा का मकान था। हम दोनों साथ खेलते थे, झगड़ते थे, प्यार करते थे। प्रभा से बड़े तीन भाई थे। अन्तिम भाई और प्रभा की अवस्था में काफी अन्तर था। शायद प्रभा से पहले कई सन्तानें मर गई हों, शायद यों ही बहुत दिन बाद प्रभा का जन्म हो गया हो। उसके दो बड़े भाई अपना परिवार लेकर अन्य शहरों में रहते थे, केवल अन्तिम लड़का साथ रहता था। उसने वकालत शुरू की थी। प्रभा के पिता एक बहुत ईमानदार और कर्तव्यपरायण पुलिस ऑफिसर थे। बहुत हँसमुख थे। उनकी आँखों को देखकर बड़ी आश्वस्ति मिलती थी। उनकी बड़ी-बड़ी मूँछों से रुआब नहीं, एक देहाती भोलापन बरसता था। वे प्रभा को बहुत प्यार करते थे। मामी जी (प्रभा की माँ) भी बहुत प्यारी औरत थी—सीधी-सादी, कम पढ़ी-लिखी लेकिन मानवीय ममता से भरपूर।

बहुत अच्छे दिन बीत रहे थे। लेकिन एक दिन सुबह-सुबह प्रभा के घर में कुहराम मच गया। हम सभी दौड़े आए। पुलिस का एक सिपाही जीप लिये खड़ा था और मामी जी अपना सिर पीट-पीटकर रो रही थीं। उनकी चूड़ियाँ टूट-फूटकर बिखर गई थीं, कलाई लहूलुहान हो गई थी। प्रभा माँ का चीखना सुनकर बेतहाशा चीख रही थी। वकील साहब स्तब्ध-से खड़े थे। मालूम हुआ कि मामा जी आज रात को शहर से कुछ दूर डाकुओं के एक गिरोह का मुकाबला करने गए थे। कई डाकुओं

को मारकर आखिर में एक डाकू की गोली से आहत हो गए और वहीं प्राण छोड़ दिए।

"माँ, धीरज रखो और जीप पर बैठो।" वकील साहब ने कहा।

मामी गिरती-पड़ती जीप पर बैठीं, पिताजी भी साथ हो लिये। माँ ने प्रभा को पकड़ लिया और मैं प्रभा के साथ बातें करने लगा।

पिताजी ने वहाँ से लौटने पर बताया कि मामा जी का खून चारों ओर बिखरा हुआ था। मामी जी जाकर वहाँ भहरा पड़ीं और उनका मुँह देख-देखकर चीखने लगीं, "जाओ, तुम सब लोग जाओ। मुझे इनसे बातें करने दो। घेरे क्या हुए हो?"

बहुत करुण दृश्य था। सब लोग थोड़ी दूर हट गए। मामी वहाँ लोटती-पोटती रहीं। उनका मुख देख-देखकर जाने क्या-क्या कहती रहीं!

कुछ महीने बाद मामी को वह सरकारी मकान खाली करना पड़ गया। वकील साहब ने कहीं और मकान ले लिया। अब मेरा प्रभा से मिलना लगभग छूट ही गया। पिताजी कभी-कभार वहाँ जाकर मिल आते थे और माँ को सारा हालचाल बताते थे। एक दिन माँ से कह रहे थे कि वकील साहब की पत्नी माँ-बेटी दोनों को डाँटती रहती है और कहती है कि "आखिर ये तीनों भाइयों की माँ-बहन हैं, हमीं क्यों इनका बोझ उठाएँ?" वकील साहब ने मौन भाव से इसे स्वीकार कर लिया है।

"हाय, बेचारियों पर क्या बीतती होगी! जब तक मरद था तब तक वकील-वकीलानी पाँव धोकर पीते थे। मरद का साया उठते ही यह हाल हो गया। नाते-रिश्ते कितने झूठे पड़ गए हैं!" माँ ने कहा।

"हाँ-हाँ!" पिताजी गम्भीरता से बोले।

"अब क्या होगा बेचारी का? जिसके तीन-तीन जवान बेटे हों और तीनों अच्छा कमाते-धमाते हों, वह अनाथ की तरह घूमे! हे राम, यह तुम्हारा कौन-सा न्याय है?" माँ दुखी होकर बोले जा रही थीं।

"यह राम का न्याय कहाँ है, ये न्याय-अन्याय तो आदमी ने खुद बना लिए हैं। बुजुर्गों के प्रति यह उपेक्षा भाव पहले कहाँ था? अब देखो, कमाई-धमाई में डूबे हुए लड़के माँ-बाप के बेकार होते ही उन्हें बोझ समझने लगते हैं। यह राम का न्याय नहीं है; नई शिक्षा, नये रहन-सहन

और नई व्यापारिक मनोवृत्ति का न्याय है।" पिताजी ने कहा।

"हे राम, बेचारी कैसे दिन काटेगी!" माँ अपनी ही धुन में थीं।

"देवी, यही सबका हाल होना है! जमाने का रिवाज ही कुछ ऐसा हो गया है।" कहकर पिताजी ने कनखियों से मेरी ओर देखा था।

माँ ने आकुल होकर मुझसे पूछा था, "क्यों रे विनोद, तू भी हम लोगों के साथ ऐसा ही बर्ताव करेगा?"

"नहीं, माँ!" कहकर मैं माँ की गोदी में टूट पड़ा था। माँ मेरा माथा सहलाने लगी थीं और पिताजी हल्के-हल्के मुस्करा रहे थे।

और एक दिन पिताजी का तबादला हो गया। हम दूसरे शहर में आ गए। अब मैं कॉलेज में पढ़ने लगा था। पिताजी के पास मामी जी की चिट्ठियाँ आती थीं। पिताजी माँ से बात करते, तो मुझे भी उनका हाल मालूम हो जाता और जो कुछ मुझे मालूम हुआ, वह यह था कि तीनों भाइयों ने आपस में सलाह करके यह निर्णय लिया है कि माँ और बहन बारी-बारी से तीनों भाइयों के पास साल-साल-भर रहेंगी।

"यह क्या हुआ? माँ नहीं हुई जैसे कोई सामान हो गई! धिक्कार है ऐसे बेटों को! अरे, डूब मरो कमबख्तो, चुल्लू-भर पानी में! इतने बड़े-बड़े ओहदे पर काम करने वाले बेटे और सबके सब कमीने, स्वार्थी। किसी के पास इतना बड़ा कलेजा नहीं है कि वह छाती ठोककर कह सके—माँ मेरे पास रहेगी। वह मेरी माँ है, कोई चावल-दाल का बोरा नहीं।" माँ ने उत्तेजित होकर कहा था। पिताजी फिर उसी तरह मुस्करा रहे थे।

तब मैं बी.ए. फाइनल में था। एक दिन प्रभा की चिट्ठी आई और उस चिट्ठी से ही मालूम हुआ कि वह मैट्रिक का इम्तहान दे रही है। ओह, इतनी बड़ी हो गई प्रभा?

और जब उसकी चिट्ठी पढ़कर समाप्त की तो मैं एकदम भारी हो आया। भारी हो आया प्रभा की मैच्यूरिटी से भी और उसकी तकलीफ से भी। उनके लेखन में कितनी प्रौढ़ता है—भाषा में भी और सोच में भी। पत्र में आद्योपान्त एक दार्शनिक कवि बोल रहा है जो किताबों से नहीं, अपनी जिन्दगी से अपना सत्य खींच रहा है। पत्र मेरे भीतर व्याप्त हो गया। मैं सचमुच ही बहुत शर्मिन्दा हुआ। यह नहीं कि प्रभा को मैं भूल गया था,

मैं उसे प्राय: याद करता था और पिताजी और माताजी के संवादों के जरिए माँ-बेटी के बारे में सुन-सुनकर दुखी होता था। किन्तु मैंने अपनी ओर से प्रभा को चिट्ठी क्यों नहीं लिखी? क्यों कभी उसके शहर जाकर उससे मिलने का खयाल नहीं आया? शायद...शायद...छोड़िए, सफाई तो कुछ-न-कुछ दी ही जा सकती है, जो सही भी हो सकती है किन्तु क्या कारणों को पार नहीं किया जा सकता? क्या कारणों से बँधा रह जाना ही पर्याप्त होता है? अब मैं क्या कह सकता हूँ?

खैर, मैंने चिट्ठी लिखी और चिट्ठियों का आना-जाना होने लगा। और प्रभा की चिट्ठियों में उसकी भावुकता, उसका यातना-बोध, सम्बन्धों का व्यर्थता-बोध गहराता गया। वह धीरे-धीरे सत्य की अनजानी गहराइयों में उतरती गई। मैंने उसे कई बार समझाने की कोशिश की कि इस उम्र में इतना सूफियाना अन्दाज, इतनी आत्मोन्मुखता ठीक नहीं है, किन्तु वह हमेशा उत्तर देती रही कि मैं और कुछ नहीं, अपने जीवन का सत्य कह रही हूँ, इस पर मैं वश नहीं पा रही हूँ। ये मेरे भीतर उतरकर मेरी लेखनी से फूट पड़ते हैं। मैं कविताएँ भी लिखने लगी हूँ। अभी नहीं, फिर कभी भेजूँगी।

मेरा एम.ए. हो गया और प्रभा का इंटर। प्रभा की चिट्ठी से ज्ञात हुआ कि तीनों भाइयों की एक-एक बारी पूरी हो गई। अब बड़े भइया उन्हें अपने साथ नहीं रखना चाहते और वे नहीं रख रहे हैं इसलिए बाकी दोनों भाइयों को भी न रखने का बहाना मिल गया है। किन्तु सच बात तो यह है भइया, कि हम लोग खुद उनके साथ नहीं रहना चाहते। तीनों भाइयों के यहाँ बारी-बारी से उपेक्षा और अपमान का जो नरक हमने भोगा है, उसके बाद फिर उसी नरक में जाने की इच्छा नहीं होती। लेकिन माँ है न, वह सोचती है कि मैं यदि इन लड़कों के साथ नहीं रही तो दुनिया मेरे लड़कों को बदनाम करेगी, उन्हें नालायक कहेगी। और कुछ भी हो, जिस माँ के साथ जवान बेटी हो, वह उसकी सुरक्षा के बारे में भी तो सोचती ही होगी, यद्यपि मेरी क्या सुरक्षा इन परिवारों में हो रही है, मैं खुद नहीं जान पाती। अपमान से मन टूटता है, काम से तन टूटता है। मैं पढ़ना चहती हूँ मगर किसी को मुझे पढ़ाने में रस नहीं। वह तो मैं माँ के पैसों

से किताबें खरीदकर पढ़ लेती हूँ और इम्तहान की फीस भरकर प्राइवेट परीक्षा दे देती हूँ। भगवान की दया है कि अच्छे नम्बरों से पास हो जाती हूँ जबकि इन भाइयों के बच्चे ट्यूशन लगाए जाने पर भी गिरते-पड़ते पास होते हैं। इस बात से भाभियों के कलेजे जल जाते हैं, भाई लोग भी खुश नहीं होते। तरह-तरह की बातें हैं, तरह-तरह की वजहें हैं अपमानित और ताड़ित होने के लिए। भइया...ओह, अब तो तुम्हें भइया लिखते हुए हाथ काँप जाते हैं क्योंकि यह शब्द अब मेरे लिए बहुत बीभत्स और कुरूप हो गया है। लगता है, तुम्हें पत्र लिखते हुए यह शब्द अपना अर्थ पा लेता है। अब माँ मुझे लेकर फिर बनारस के अपने परिचित मोहल्ले में आ गई हैं। माँ के पास न जाने पैसे हैं कि नहीं, हैं तो कितने हैं? वह मुझे कुछ आभास नहीं देती। बहरहाल, मैं चाहती हूँ कि कोई छोटी-मोटी नौकरी कर लूँ। कभी आओ न। अब तो मैं तुम्हें शायद पहचान भी न पाऊँ। कितना समय गुजर गया! माँ आजकल बहुत चिन्तित और बीमार रहने लगी हैं।

हाँ, कितना समय गुजर गया लेकिन बचपन की वे स्मृतियाँ कितनी ताजा हैं। कितनी शक्ति है, कितना विश्वास है, प्रभा के मन में उन क्षणों के सम्बन्धों को लेकर।

एक दिन फिर एक चिट्ठी आई, "विनोद भइया, माँ मर गईं। मैं तो एकदम बेसहारा हो गई। चारों ओर जलता सुनसान ही दिखाई पड़ता है।"

पिताजी प्रभा की माँ के देहान्त का समाचार सुनकर बहुत परेशान हो गए। भरी आवाज में बोले, "अब क्या होगा इस लड़की का?" माँ को तो जैसे काठ मार गया।

पिताजी बनारस जाने की तैयारी करने लगे तो मैंने कहा, "मैं भी चलूँगा।"

लेकिन पिताजी ने हतोत्साहित कर दिया। कहीं भीतर-भीतर मुझे लग रहा था कि प्रभा को इस गम के माहौल में नहीं देखना चाहिए। उसकी चिट्ठियाँ तो यों ही भारी बना देती हैं। यह परिस्थिति तो मुझे पागल ही बना देगी।

पिताजी लौटकर आए तो हम लोग उनके पास घिर आए। हम सभी चुप थे। "हे भगवान्!" पिताजी ने उसाँस भरी, "लड़की अनाथ हो गई।

इस तरह गुमसुम हो गई थी कि देखकर डर लगता था। जानती हो, एक अजीब बात हो गई। प्रभा की माँ मरी तो उनके पास खून से सनी मिट्टी का एक छोटा-सा ढेला मिला। उसके साथ एक चिट्ठी भी कि मेरे पतिदेव का यह खून मेरी लाश जलाते समय चिता पर रख दिया जाए। लगता है, बेचारी उस ढेले को आत्मा की तरह छिपाए अपने साथ ढो रही थी।"

"प्रभा का क्या हुआ?" मैंने पूछा।

"हुआ क्या, बड़े भाई ले गए हैं और यह तय हुआ कि सब लोग मिलकर उसकी कहीं शादी कर दें और जो खर्चा आए उसे बाँट लें।"

मुझे लगा कि जिस नरक से वह भागकर आई थी उसी में फिर ढकेल दी गई है। पहले तो माँ का सहारा भी था अब किसका सहारा होगा सम्बन्धों के उस बियाबान जंगल में!

काफी दिनों से प्रभा का कोई पत्र नहीं आया। मैंने उसके बड़े भाई के पते पर दो-तीन पत्र लिखे किन्तु जवाब किसी का नहीं आया; पता नहीं क्यों? पता नहीं उसे मेरे पत्र मिले भी या नहीं, पता नहीं वह पत्र लिखने की मानसिकता में है भी कि नहीं। इस असमंजस ने मुझे बहत परेशान कर दिया। छह महीने बाद पिताजी के नाम उसकी शादी का निमंत्रण-पत्र आया। पिताजी उस दिन बहुत प्रसन्न होकर बोले, "चलो बेचारी प्रभा का विवाह हो रहा है। अच्छा है।" मुझे भी लगा कि अच्छा हो रहा है। अब उसका घर होगा। वह गृहस्वामिनी होगी। अब वह अपने को किसी गैर का आश्रित तो नहीं समझेगी। मुझे यह सोचकर बड़ा अजीब लगा कि एक खून से उत्पन्न भाई लोग गैर हो जाते हैं और पराया आदमी अपना हो जाता है।

मेरी इच्छा थी, प्रभा की शादी में जाने की। पिताजी की भी इच्छा थी मुझे भेजने की। मैं शादी के दो दिन पहले पहुँचना चाहता था ताकि शादी की भीड़-भाड़ होने से पहले प्रभा से बातें कर सकूँ। पिताजी ने भी चाहा कि मैं दो दिन पहले पहुँच जाऊँ ताकि प्रबन्ध में कुछ हिस्सा बँटा सकूँ।

मैं गाड़ी में बैठा, तो प्रभा को लेकर अनेक कल्पनाएँ करने लगा। वह मेरा आना सुनकर दौड़ी आएगी। उसे चिढ़ाऊँगा, उससे ढेर-सी अनर्गल बातें करूँगा, बचपन की यादें दिलाऊँगा। वह हँसेगी, रोएगी, चिढ़ेगी।

मैं जब उसके भाई के घर की ओर जाने के लिए स्कूटर पर बैठा तो प्रभा को देखने की एक अजीब उत्सुकता मेरे मन में थी, कैसी हो गई होगी प्रभा? देखूँ पहचानती भी है कि नहीं।

पहुँचा तो दरवाजे पर कुछ बच्चे खेल रहे थे। शादी की रौनक के कुछ चिह्न दिखाई नहीं पड़ रहे थे। मुझे सन्देह हुआ कि कहीं गलत जगह तो नहीं पहुँच गया। बच्चों से पूछने पर मालूम हुआ कि नहीं, मैं ठीक ही जगह आ गया हूँ। तब तक दो बच्चे शोर करते भीतर भागे कि कोई आया है, कोई आया है।

भीतर से एक सज्जन निकले। मुझे सामान लिये हुए देखा तो पूछा, "कहिए कहाँ से आए हैं?"

"कानपुर से। पं. वासुदेव द्विवेदी के यहाँ से।"

"अच्छा-अच्छा, आइए-आइए। आप विनोदशंकर हैं न?"

"जी!"

"मेरा नाम सुभाष है। मैं प्रभा का बड़ा भाई हूँ। माफ करना, मैं पहचान नहीं सका, कितने दिनों बाद देखा है।"

"हाँ, सचमुच ही तो कितने दिनों बाद देखा है। बनारस में भी आपको एकाध बार ही देखा था।"

"कहिए, फूफा जी कैसे हैं?"

"ठीक हैं।"

मुझे बहुत प्रसन्नता हुई इस आदमी से मिलकर और थोड़ा-सा आश्चर्य भी हुआ कि इतना अच्छा आदमी...अपनी माँ और बहन के प्रति सहज आत्मीय व्यवहार क्यों नहीं रख सका?

चाय पी चुका तो पूछा, "कहाँ हो रही है प्रभा की शादी?"

"शादी बढ़िया हो रही है, विनोद! लड़का बी.डी.ओ. है, उन्नाव में। उन्नाव से बीस मील दूर एक गाँव में घर है। वहाँ खेती-बाड़ी भी है। कुछ बड़ा परिवार भी नहीं है—माँ-बाप, एक भाई और एक बहन गाँव में हैं। लड़का बी.डी.ओ. है। जानते ही हो, इसमें अच्छी आमदनी है।"

"विवाह की सारी तैयारी तो हो गई होगी?"

"हाँ, हो ही गई है।"

"और भाई साहब लोग आ गए हैं?"

"आ जाएँगे, आजकल में।"

मुझे बहुत आश्चर्य हुआ कि अभी तक भाई लोग नहीं आए हैं। वे भी जैसे बरातियों के साथ ही आएँगे।

"देखिए, मेरे लायक कोई काम हो तो बताइए। पिताजी ने मुझे दो दिन पहले इसीलिए भेजा है। मैं पहुनाई करने नहीं आया हूँ, यह मेरी बहन की शादी है, काम करने आया हूँ।"

"सो नाइस ऑफ यू।" कहकर सुभाष मुस्कराए किन्तु न जाने क्यों फिर उदास हो गए। और मुझे भी लगा कि शायद अनजाने ही मैंने इन पर और इनके भाइयों पर कुछ चोट कर दी है।

चाय-वाय पी चुकने के बाद उन्होंने मुझसे कहा, "चलिए, बगल के मकान में कुछ कमरे ले रखे हैं, अतिथियों के लिए। यहाँ तो जगह ही नहीं है और शादी की पों-पों में आपको आराम भी नहीं मिलेगा।"

"अरे, मैं आराम करने थोड़े आया हूँ। मुझे काम बताइएगा।" कहता हुआ मैं उनके पीछे-पीछे चल पड़ा। दो मकान बाद के एक मकान में एक कमरे में उनके साथ मैं दाखिल हुआ।

"कोई जरूरत हो तो बता दीजिएगा।" कहकर वे चले गए।

लगता है वह मकान शादी के लिए किराए पर लिया गया है मेहमानों के लिए। अभी और कोई आया नहीं है। एक कमरे में सामान रखा हुआ है। उसे ही खोल-बन्द करने के लिए कुछ लोग आ-जा रहे हैं। मैं निहायत अकेला पड़ गया हूँ। अजीब बोरियत आ रही है। यह कस्बा है। कहीं कुछ घूमने-फिरने लायक भी तो नहीं होगा। मैं दो दिन पहले आया था कुछ काम करने के लिए और प्रभा से इत्मीनान से मिलने और यहाँ एकदम बोरियत ले बैठा। नहा-धोकर बैठा था कि नाश्तापानी आ गया। नाश्ता करके मैं सो गया। दोपहर को आकर किसी ने जगाया, "चलिए, खाना खा लीजिए।" मैं चला तो मुझे विश्वास था कि अब तो प्रभा मिल ही जाएगी। खाना खाते वक्त मैं औरतों और लड़कियों को आते-जाते देखता रहा। सोचता रहा, इनमें से कोई प्रभा होगी। लेकिन किसी भी लड़की के चेहरे पर प्रभा होने की सी उत्सुकता नहीं दिखाई

पड़ी। बात क्या है? क्या प्रभा को मेरे आने की खबर नहीं है? क्या उसे मुझसे मिलने की उत्सुकता नहीं है? या क्या वह इन लड़कियों में नहीं है, कहीं और है? मैं बहुत चिन्तित हो उठा। कुछ पूछते भी नहीं बनता था। मैंने फिर अपने को धिक्कारा कि तुम इतने बुजदिल क्यों हो? प्रभा तुम्हारी बहन है, कोई प्रेयसी तो नहीं है कि उसकी बात करने या उसके बारे में पूछने से घबरा रहे हो। आत्मधिक्कार से मुझमें बल आ गया और जब खा-पीकर चलने को हुआ तो प्रभा के भाई से पूछा, "प्रभा बहन कहाँ है? दिखाई नहीं पड़ती। जरा उससे मिलवाइए! माँ ने उससे बहुत कुछ कहने को कहा है।"

"अरे, प्रभा यहीं तो थी। आपने पहचाना नहीं होगा?"

"कैसे पहचानता? बचपन में हम साथ खेलते थे, कितना समय गुजर गया इस बीच।"

"अभी बुला रहा हूँ।" कहकर सुभाष वहाँ से चले गए। वे बहुत तत्परता से बात कर रहे थे किन्तु मुझे लगा कि उन्हें खुशी नहीं हुई। पता नहीं क्यों, इस आदमी का सारा सौजन्य, सारा व्यवहार मुझे ऊपरी लग रहा था। शायद वे नहीं चाहते कि मैं प्रभा से मिलूँ। यदि वे चाहते तो मेरे आते ही अपने घर के लोगों से परिचय कराया होता, प्रभा से मिलवाया होता। आते ही मुझे घर से बाहर एक दूसरे घर में फेंक दिया। शायद उन्हें डर है कि प्रभा मिलेगी तो अपना दुःख-दर्द कहेगी, उनकी पोल खोल देगी।

थोड़ी देर बैठा रहा, कहीं कुछ नहीं हुआ। सोचा, चलूँ यहाँ से कि देखा, एक लड़की मेरी ओर चली आ रही है, धीरे-धीरे! सौन्दर्य से दीप्त; भरी-भरी लम्बी काया। आकर वह सामने खड़ी हो गई और निरुद्वेग भाव से दोनों हाथ जोड़कर प्रणाम किया। मैंने प्रणाम का उत्तर देते हुए पूछा, "आप प्रभा जी हैं न?"

"पहचानते नहीं, विनोद भइया? मैं प्रभा जी नहीं, प्रभा हूँ!" उसने मन्दस्मित के साथ गम्भीर स्वर में कहा।

"ओह प्रभा! कितना समय बीत गया तुम्हें देखे हुए।"

"चलो, इतने दिन बाद तो याद किया। इतनी बड़ी जिन्दगी में इतना

विलम्ब, विलम्ब नहीं माना जाना चाहिए। हर वस्तु की अपनी नियति होती है, समय की भी एक नियति होती है।"

"ओह, तुम यहाँ भी एक दार्शनिक भाषा में बात करने लगीं। तुम इतनी दार्शनिक क्यों हो गईं?"

"दर्शन व्यथापूर्ण मन को शक्ति देता है। जो कुछ हो रहा है उसके होने की तार्किक संगति बैठाता है दर्शन! यह न होता तो मैं किस भरोसे जी पाती, विनोद भइया!"

मैं भारी हो आया। उसने अनुभव किया इसीलिए वह एकाएक अपनी गम्भीरता झटककर हँसने लगी और बोली, "अरे, छोड़ो इन बातों को, कहो, बुआ जी कैसी हैं, फूफा जी कैसे हैं? कभी कोई याद करता है मुझे?"

"सभी ठीक हैं और तुम्हें तो इतना याद करते हैं कि मुझे भूलते जा रहे हैं।"

इस पर हम दोनों खूब हँसे। हमने देखा, कुछ औरत चेहरे चलते-चलते हमें देख लेते हैं, कुछ घूरते हैं, कुछ ठमक जाते हैं।

"और अपनी सुनाओ, अब क्या करने का इरादा है?"

"एम.ए. हो गया हूँ। कोशिश में हूँ कि कोई लेक्चररशिप मिल जाए।"

"और शादी-वादी?"

"वह भी हो जाएगी। आखिर उसे भी तो होना ही होता है। कोई मेरे लिए भी तो शंकर जी को पूजती होगी। बहन की शादी हो रही है तो भाई की भी हो ही जाएगी।"

"हाँ, हो ही रही है।" वह उदास हो गई।

मैंने चारों ओर देखा कि कोई झाँक तो नहीं रहा है। फिर धीरे-से पूछा, "क्यों प्रभा, तुम इस शादी से खुश नहीं हो?"

"जो नियति है, उससे खुश और नाखुश क्यों होना चाहिए? जो नियति अभी मेरी थी वही कौन इतनी अच्छी थी कि दूसरी से भयभीत होऊँ? दूसरी नियति तो अभी अनजानी है, उसे लेकर कुछ सुन्दर कल्पनाएँ की जा सकती हैं। बाकी वह जो होगी सो तो होगी ही।"

वह फिर दार्शनिक मूड में उतर आई थी।

"जीजा जी क्या हैं?

"सुना है, बी.डी.ओ.-सी.डी.ओ. हैं।"

उसने जिस तरह बी.डी.ओ.-सी.डी.ओ. कहा था उससे साफ झलक रहा था कि वह इस विवाह से प्रसन्न नहीं है। और ठीक भी है। मैं प्रभा की रुचि जानता हूँ। वह कलात्मक है। बी.डी.ओ. उसे कितना सह पाएगा, यह आशंका जरूर प्रभा को हो रही होगी!

"तुम्हारे और भाई लोग नहीं आए?"

"कौन भाई लोग?"

"अरे, तुम्हारे अन्य दो भाई?"

"हाँ, भाई लोग। वे लोग बारात के साथ आएँगे। उन्हें आने की फुरसत नहीं मिल रही होगी। खैर, मेरा असली भाई तो समय से आ ही गया।" कहकर वह मुझे देखने लगी।

मुझे अजीब-सा लगा।

"प्रभा...ओ प्रभा..." अरे चलो-चलो, बहुत-से काम करने हैं। बैठने से काम नहीं चलेगा।"

"भाभी हैं, वह चाहती हैं कि मैं अब यहाँ देर तक न बैठूँ। चलूँ, दो दिन और झेलने हैं, झेल लूँ। फिर मिलेंगे। मेरी ससुराल कभी-कभी आते रहना।" वह उठकर चली गई।

मैं धीरे-धीरे उठकर बाहर आया और अपने कमरे में चला गया। सोया। उठा। थोड़ा कस्बा घूमा। भाई साहब से फिर कहा कि कुछ काम बताइए। उन्होंने टाल दिया। शाम को खाना खाते समय प्रभा फिर दिखाई पड़ी। रात को सोचने लगा कि अभी कल का दिन पड़ा है, परसों शायद शाम तक बारात आएगी। तब तक क्या करूँगा? इच्छा हुई, चुपचाप घर लौट जाऊँ लेकिन मेरे इस तरह लौटने का कुफल प्रभा को भोगना पड़ेगा। न जाने लोग उसे क्या-क्या कहेंगे? नहीं गया। ऐसे ही घूम-फिरकर, खा-पीकर समय बिताया।

बारात आई। बी.डी.ओ. साहब की भोंडी-सी क्रूर शक्ल देखते ही मेरा मन तीता हो गया। क्या भाइयों ने इन्हें देखा नहीं था? क्या अपनी

बहन के रूप के साथ इनकी शक्ल-सूरत का मेल नहीं बैठाया? लगता है कि प्रभा को घर से निकालना ही उनका प्रमुख उद्देश्य था, फिर वह चाहे जहाँ भी जा गिरे। बारात आने के दिन और भाई भी आ गए थे।

प्रभा बिदा होने लगी तो रोई नहीं। आँखों में उदास खामोशी का गहरा दबाव लिये वह अपने परिजनों से विदा ले रही थी। मैं किनारे खड़ा था। मुझे देखा, हाथ जोड़कर नमस्कार किया, झट से कार में जा बैठी और फफककर रो पड़ी। मैं समझ गया कि मुझे देखते ही उसकी सारी खामोश जड़ता टूट गई। लेकिन मेरे सामने रोना उसने लोकदृष्टि से उचित नहीं समझा और झट से कार में बैठकर फफक पड़ी।

मैंने भी उसके दो घंटे बाद की गाड़ी पकड़ ली और घर लौट आया था। भगवान् से प्रार्थना की थी कि प्रभा को उसकी ससुराल में सुखी रखे।

लेकिन भगवान् ने मेरी एक नहीं सुनी। पता नहीं, वह किसी की सुनता भी है या नहीं? प्रभा की चिट्ठियाँ आती रहीं। पहले तो उसने छिपाया लेकिन बाद में खुलती गई। उसकी चिट्ठियों से मालूम पड़ा कि बी.डी.ओ. साहब ने उसे अपनी माँ के पास गाँव में पटक दिया है; खुद कस्बे में रहते हैं। महीने-दो-महीने में कभी-कभार आ जाते हैं और अपनी माँ तथा बहन से उसके विरुद्ध शिकायतें सुनते हैं और फिर सभी मिलकर समवेत स्वर में उसका प्रशस्ति-गान शुरू करते हैं और पीटते हैं। उनकी शिकायत है कि वह दरिद्र की बेटी की तरह आई है और घर के काम-काज में मन न लगाकर किताबें पढ़ती है और न जाने क्या लिखती रहती है।

"क्या लिखती रहती हो?" उन्होंने पूछा।

"अरे, घर की शिकायत लिखती होगी, और क्या लिखेगी!" माँ ने कहा। बहन ने भी दुहराया। दोनों अपढ़ हैं। बी.डी.ओ. साहब को तो देख ही चुके हो वे भी इसी खान में से निकले हैं।

"चलो दिखाओ, क्या लिखती हो?"

"अरे, कुछ नहीं लिखती हूँ; वैसे ही जी में आता है तो कागज गोंजने लगती हूँ।"

"नहीं-नहीं, दिखाओ!" कहकर वे मुझे घसीटते हुए अन्दर ले गए और मेरी किताबें और कागज इधर-उधर फेंकने लगे, "कहाँ है तुम्हारा लिखा हुआ? इसे लाइब्रेरी बना रखा है? घर में काम नहीं करेगी, लाइब्रेरी बनाएगी! कहाँ है वह कागज?" तब तक मेरी डायरी उनके हाथ पड़ गई, "यही है?"

"जी!" मैंने स्वीकृति में सिर हिलाया।

और वे उसे खोलकर पढ़ने लगे। उनके पास उनकी माँ और बहन भी आ गई थीं। उनके पढ़ने का ढंग बहुत विद्रूप था। उनकी विद्रूप मुद्रा पर उनकी माँ और बहन हँस रही थीं।

"यह सब क्या वाहियात चीजें हैं, यह क्या अनाप-सनाप लिखा है! यह कोई कविता है? कहीं पागल तो नहीं हो गई है!" और उन्होंने डायरी फाड़नी शुरू कर दी।

"अरे रे, यह क्या करते हैं आप?" कहकर मैं झपटी। उन्होंने धक्का देकर मुझे गिरा दिया, दो लातें मारीं और डायरी फाड़कर चिंदी-चिंदी कर दी। फिर उन्होंने हिदायत कर दी कि यह सब वाहियात बातें छोड़ो और घर के काम-काज में मन लगाओ।

"काम तो करती हूँ। यह सब तो काम-काज के बाद लिखती हूँ।"

"तो क्या माँ झूठ बोलती हैं?" उन्होंने गरजकर पूछा।

मैं कैसे कहती कि झूठ बोल रही हैं, चुप रही। लेकिन भीतर-भीतर एक आग उठी। इच्छा हुई, इस बुढ़िया को धक्का देकर जमीन पर पटक दूँ और बी.डी.ओ. साहब से कहूँ, जाइए, अपना घूस-घास का काम देखिए। आपके बाप-दादों ने भी कभी कविता पढ़ी और समझी है? और कहूँ कि क्या इस खूसट बुढ़िया और इस छिछोरी बहन के लिए मुझे ब्याहकर लाए थे? लेकिन कैसे कहती यह? वे मेरे पूज्य पति हैं, स्वामी हैं। लोक और शास्त्र दोनों इनकी और इनकी माँ की पूजा करने को कहते हैं। फिर कभी।

"फिर कभी?" क्या फिर कभी?

'फिर कभी' के साथ प्रभा ने अपनी चिट्ठी समाप्त की थी और मैं फिर कभी के चक्कर में पड़ गया। फिर कभी चिट्ठी लिखेगी या उसके

मन के भीतर उभरने के लिए जो विद्रोह मचल रहा है उसे फिर कभी उभरने देगी, अभी नहीं? शायद दोनों ही बातें हैं।

प्रभा की चिट्ठियाँ आती रहीं। बस हालचाल। उसने मुझे उसके हाल के बारे में चिट्ठी लिखने से मना कर दिया था। पता नहीं, किसके हाथ पड़े और वह समझे कि बाहरवालों से घर की शिकायत करती रहती है। उसने मुझे केवल अपने घर का हालचाल लिखने को कहा था। लेकिन हालचाल वाली उसकी चिट्ठियों में भी एक बन्द व्यथा या आग रहा करती थी—घरवालों के व्यवहार कटु होते जा रहे हैं। हाँ, बेचारे ससुर जी अच्छे हैं लेकिन पत्नी के आगे उनकी चलती नहीं। रिटायर्ड आदमी हैं, बेबस! कभी-कभी वे अपनी पत्नी और बेटों को डाँटते हैं कि क्यों तुम लोग बहू को परेशान करते हो तो सासजी डाँट देती हैं, "तुम चुप रहो जी, खाओ-पियो और राम-राम जपो!"

"देवर भी अच्छा है, लेकिन उसकी औकात क्या? वह छोटा है, आठवीं में पढ़ता है। मुझे प्यार करता है। मेरे पास बैठता है, प्यारी-प्यारी बातें करता है और डाँट खाता है। विनोद, मैं कविता लिखना नहीं छोड़ सकती; वह मेरा जीवन बन गई है। और सहारा ही किसका है?...अब तो चित्र भी बनाने लगी हूँ। कभी भेजूँगी। मैं निकम्मी घरेलू औरत बनकर नहीं जी सकती। मैंने उनसे कह दिया है कि मुझे अपने साथ ले चलिए; मैं यहाँ नहीं रह सकती। मैं जिन्दगी जीना चाहती हूँ, इसे केवल दूसरों की अर्थहीन खुशी के लिए शव की तरह अपने कंधे पर ढोना नहीं चाहती। या तो जिन्दा रहूँगी या शव ही बन जाऊँगी। जीवित शव मैं नहीं बन सकती। लेकिन वे तैयार नहीं हुए। उन्होंने मुझे बहुत भला-बुरा कहा। लगता है, विनोद भइया, कोई अभिशाप मेरे जीवन के साथ शुरू से लग गया है नहीं तो पिताजी क्यों मरते, माँ मुझे छोड़कर क्यों चली जातीं और तीन-तीन भाई मुझे प्यार और शक्ति देने के स्थान पर तिरस्कार और अशक्ति क्यों देते? और उनसे छूटकर भी मैं ससुराल के ऐसे परिवार में क्यों गिरती? लगता है, कहीं कोई नियति है, कुछ पहले से तय है। लेकिन मैं यह नियति ढोने से हमेशा इनकार करती रही, मेरी पीड़ा का एक राज यह भी तो है! लेकिन मैं क्या करूँ, इस नियति के दबाव में रेंगना मैं नहीं चाहती, मैं

खड़ी होकर चलना चाहती हूँ, विनोद भइया! खड़ी होकर चलने के लिए ही तो मैंने कलाओं का सहारा लिया है। और सहारा ही क्या है? क्या तलाक ले लूँ? लेकिन वे तलाक देने ही क्यों लगे! और तलाक लेकर भी क्या करूँगी, कहाँ जाऊँगी? नौकरी कौन-सी मिलेगी मुझे? बी.ए. पास नहीं कर सकी, इम्तहान देने से पहले ही शादी हो गई। और एक बच्चे की जिन्दगी भी तो ढो रही हूँ पेट में। कुछ समझ में नहीं आता क्या करूँ? अच्छा छोड़ो, तुम्हें बहुत बोर किया। फिर कभी।"

लगा, जैसे प्रभा चक्रव्यूह में फँस गई है, निकलना चाहती है लेकिन जितना ही निकलने के लिए हाथ-पाँव मार रही है उतना ही अधिक फँसती जा रही है मगर मैं क्या करूँ? सगी बहन होती तो कुछ करता भी, यहाँ तो दाल-भात में मूसरचन्द की स्थिति हो जाएगी। पता नहीं मेरे पत्र देखकर घरवाले क्या सोचते हों। बहुत छोटी मानसिकता के लोग हैं। वे जरूर पूछते होंगे कि यह कौन है? हो सकता है, सन्देह भी करते हों। प्रभा ने एक बार इशारा भी किया था। मुझे विश्वास है, प्रभा अपने भाइयों को कुछ नहीं बताती होगी शायद उन्हें चिट्ठी भी नहीं लिखती होगी। क्या किया जाए कुछ समझ में नहीं आता। थम-थमकर ऐसे ही चिट्ठियाँ आती रहीं और मैं थम-थमकर इसी मन:स्थिति में आ जाता था। उसे कुछ लिख भी तो नहीं सकता था, उसने मना जो कर रखा था।

फिर एक पत्र। उसने लिखा था, "पतिदेव से मेरी लड़ाई हो गई। मैं घर में उनकी उपस्थिति में ही अपने कमरे में बैठी एक चित्र बना रही थी। उसी में तन्मय थी। शायद पतिदेव ने आवाज दी होगी। मैंने सुनी नहीं। एकाएक बूढ़ी की आवाज सुनाई दी—'सुनेगी कैसे? किसी यार को चिट्ठी लिख रही होगी या कुछ गोंज-गाँज रही होगी।' मैं चौंक उठी। पतिदेव धड़ाके से अन्दर आए और डपटकर पूछा, 'सुनती नहीं हो? क्या कर रही हो?'

" 'कुछ नहीं, यों ही मन बहला रही थी।'

" 'देखूँ तो, क्या कर रही हो?' कहकर वे मेरे चित्र की ओर झपट पड़े। बोले, 'यह क्या? कुत्ता, भेड़िया, अजगर...यह सब क्या है? पागल तो नहीं हो गई हो! तुम्हारे दिमाग में दुनिया-भर की खुराफात कहाँ से

भर गई है?' मैं कुछ बोली नहीं। उन्होंने चित्र को उठाया तो मैंने निरुद्वेग भाव से कहा—'देखिए, फाड़िएगा नहीं!' उन्होंने मुझे निरुद्वेग देखा तो क्रुद्ध हो उठे। बोले—'फाड़ दूँ तो?'

" 'तो फिर बनाऊँगी।'

" 'फिर फाड़ दूँ तो?'

" 'तो फिर बनाऊँगी?'

"उन्होंने पाँच बार फाड़ने की बात कही, मैंने हर बार फिर बनाने की बात कही।

" 'तो जहन्नुम में जाओ!' कहकर उन्होंने तख्ती समेत मेरा चित्र जमीन पर फेंक दिया। मैं भीतर-भीतर बहुत प्रसन्न हुई, अपनी जीत पर। लगा कि मैं अपनी भीतरी ताकत से जी सकती हूँ। लेकिन कमरे के बाहर गाली-गलौज चलती रही। ससुर जी की आवाज आई, 'तुम लोग क्यों उस लड़की को बर्बाद करने पर तुले हो? तुम क्यों नहीं उसे साथ ले जाते?'

" 'तुम चुप रहो, जी!' सास जी डपटीं।

" 'तुम चुप रहो, आज तक मैं बहुत चुप रहा। देखता हूँ, तुम लोग मिल-जुलकर एक देवी-सी लड़की का नाश कर दोगे। क्या बिगाड़ा है उसने तुम लोगों का? देखते-देखते कोफ्त हो गई!' उन्होंने सीधे बी.डी. ओ. साहब से पूछा, 'क्यों जी, तुम उसे साथ रखने में कौन-सी असुविधा महसूस करते हो? वहाँ कोई रखैल तो नहीं रख ली है?' इसके बाद तीनों ने मिलकर पिताजी की जो दुर्गति की वह अकल्पनीय थी। देवर आँखों में तरलता भर-भरकर मुझे कई बार देख गया और फिर रोने लगा। मैं कमरे में थी, बाहर निकली और ससुर जी से प्रार्थना की, 'पिताजी, आप कृपा करके मेरे लिए इन लोगों से कुछ मत कहिए! मैं, जो भोगना है भोग लूँगी, लेकिन आप जैसे देवता का अपमान मेरे लिए बहुत कष्टकर होगा।'

" 'अरे, ये सब चाहे मेरी चमड़ी ही नोच लें, लेकिन मैं सही बात जरूर कहूँगा!' बहुत शोर-शराबे के बाद वह कांड समाप्त हुआ। लेकिन मेरे मन में एक असमंजस पैठ गया कि सचमुच बी.डी.ओ. महाराज ने कस्बे में कोई रखैल रख ली है और इसीलिए मुझे साथ नहीं रखते? रख ली हो तो रख लें, मुझे तो अपने हाल पर छोड़ दें। फिर कभी..."

और फिर एक पत्र, "बेटी पैदा हुई है। बहुत प्यारी-सी है। किन्तु सारा घर बौखलाया हुआ है कि मैंने बेटा क्यों नहीं पैदा किया। रोज दो-चार ताने सुनने पड़ते हैं। केवल ससुर जी और देवर उसे मन से खेलाते हैं। सास और ननद तो उसे छूती ही नहीं। मुझे तो जीने का एक और सहारा मिल गया है, विनोद भइया। वह साक्षात् कला मालूम पड़ती है। उसके साथ अपने खाली क्षणों को भरती हूँ और सार्थक करती हूँ। चित्र भी इसी के बनाती हूँ और कविताएँ भी इसी पर लिखती हूँ। सास जी इस बच्ची के साथ मेरे मगन होने पर भी गालियाँ सुनाती हैं—'एक तो कलमुँही ने लड़की जनी, दूसरे उसे छाती में चिपकाकर घर-द्वार की सुध-बुध ही भूल गई है।' उसका चित्र तुम्हें भेज रही हूँ। फिर कभी।"

चित्र बहुत प्यारा था। बच्ची तो सुन्दर होगी ही; उसमें चित्रकार माँ का सारा अनुराग और सौन्दर्य-बोध जो घुल गया है। अच्छा हुआ, प्रभा को एक सहारा मिल गया।

इस बार बहुत दिनों तक पत्र नहीं आया। मेरा जी हल्का हो गया कि चलो, प्रभा का मन अपनी बिटिया में रम गया। फिर एक छोटा-सा पत्र आया—

"माफ करना विनोद भइया, तुम्हें पत्र नहीं लिख सकी। बीमार हूँ। बीमारी का पता नहीं चल रहा है। लेकिन घबराओ नहीं, ठीक हो जाऊँगी। फिर कभी।"

मैं लेक्चरर बन गया था और मेरी शादी भी एक लेक्चरर लड़की से हो गई थी। मैं धीरे-धीरे अपनी गृहस्थी में डूब गया था लेकिन बीच में प्रभा की चिट्ठी आकर उसकी याद जगा जाती थी। अब लगातार छोटी-छोटी चिट्ठियाँ आ रही थीं। उनमें उसकी बीमारी के गहराते जाने की सूचना होती थी। ऐसा लगता था जैसे वह दो-चार पंक्तियाँ लिखते-लिखते थक जाती थी। घर वालों की उस ऊब और यातनाप्रद व्यवहार का भी संकेत होता था जो उसकी बीमारी के साथ बढ़ता जा रहा था।

एक दिन एक पुलिंदा मिला। खोला। प्रभा के बनाए हुए चित्र थे। करीब पचास रहे होंगे। पुलिंदे के साथ एक चिट्ठी थी, "ये चित्र भेज रही हूँ। पता नहीं ये तुम्हें कैसे लगे, लेकिन ये मेरे खून से बनाए गए

चित्र हैं। घबराओ नहीं, सचमुच मैंने अँगुली काट-काटकर खून निकाल-निकालकर चित्र नहीं बनाए हैं, फिर भी ये मेरे खून से बने हैं। मेरा पता नहीं क्या हो। ये मेरे चित्र यहाँ फालतू कागज मानकर फेंक दिए जाते। ये तुम्हारे पास सुरक्षित रहेंगे। बेटी यदि जिन्दा बचे तो बड़ी होने पर उसे दे देना ताकि वह इन चित्रों के जरिये अपनी माँ को पहचान सके। कविताएँ भी भेजूँगी, उन्हें फेयर कर रही हूँ। फिर कभी।"

मैंने देखा कुछ चित्र थे, कुछ स्याही से बनाए गए थे, विशेषतया लाल स्याही से, कुछ लाल पेंसिल से। हाँ, उस बेचारी को विविध रंग कहाँ से मिलते? कौन लाकर देता? इन चित्रों में कहीं उदासी थी, कहीं अवसाद था, कहीं विद्रोह था। एक चिड़िया आकाश में उड़ रही है और एक बहेलिये का जाल उसका पीछा कर रहा है। एक मन्दिर है, जिसमें कुछ वनमानुष कीर्तन कर रहे हैं। एक बच्चा है जिसकी मासूम आँखें अपने पिता की भयानक आँखों के सामने भय से स्तब्ध हो गई हैं। जाड़े की उदास शाम में एक बियाबान में एक यात्री भटका हुआ है। शस्त्रों से लदे कुछ पाँव वसंत की फूलों भरी घाटी को रौंद रहे हैं। लाल जीभ निकाले हुए एक अजगर एक मृगछौने पर घात लगाए बैठा है। जंगल में जलती आग, दिशाओं को जलाती लाल-लाल दोपहरी। घाटी को जलाते पलाश के लाल-लाल फूल, ताजा घाव से झरती खून की धारा, समुद्र में डूबती लाल-लाल शाम और बहुत कुछ। न जाने कितने संक्रांत भाव इन चित्रों में हैं, न जाने ये किन-किन अर्थों के बिम्ब हैं, न जाने प्रभा किन-किन रूपों में खुद भी इन बिम्बों में है। मैंने यह चित्र सहेजकर अपने बक्स में रख लिए। पत्नी से जिक्र नहीं किया। मैं तो उद्विग्न हो ही रहा था, पत्नी को भी क्यों उद्विग्न करूँ?

और यह आखिरी चिट्ठी। मैंने अब ध्यान दिया कि इसमें अन्त में 'फिर कभी' नहीं लिखा था। इसलिए मैं इसी चिट्ठी को बार-बार पढ़ने लगा। सोचने लगा, कविताएँ शायद आती हों या शायद मरते समय तक फेयर न हो सकी हों और अब गैरजरूरी कागज समझकर घर वालों द्वारा फाड़कर फेंक दी जाएँ। एक बार फिर यह चिट्ठी आद्योपांत पढ़ गया—

भइया,

यह मेरी आखिरी चिट्ठी है। मैं जा रही हूँ। इस दुनिया में तुम्हारे सिवाय और कोई नहीं है जिससे मैं आखिरी शब्द भी कह सकूँ। मैं अपनी बेटी और अपनी कहानी छोड़े जा रही हूँ। दोनों एक ही हैं। हाँ, भइया, दोनों एक ही हैं। मेरी बेटी के माध्यम से फिर मेरी कहानी की पुनरावृत्ति होगी, दोनों को शायद कोई नहीं स्वीकार करेगा। एक माँ को मरते समय अपनी बेटी को अपनी कहानी से शापित नहीं करना चाहिए, यह मैं जानती हूँ, भइया! लेकिन क्या करूँ, जिस अकेलेपन और सम्बन्धहीनता के जंगल में बेटी को छोड़कर जा रही हूँ उसमें उसकी और गति ही क्या हो सकती है? कौन है जो उसे सँभालेगा? कहने को तो उसकी दादी भी है, बाप भी है लेकिन ये सब केवल कहने के लिए हैं, उसकी सुरक्षा के लिए नहीं हैं; सम्बन्धों की बेड़ी जकड़ने के लिए हैं। शायद इनके सम्बन्धों से मुक्त होकर वह अपने भाग्य के सहारे जी भी लेती लेकिन इन सम्बन्धों की जकड़न में वह मेरी या मुझ जैसी लड़कियों की कहानी की पुनरावृत्ति ही करेगी। सम्बन्धों की ये बेड़ियाँ न होतीं तो शायद तुमसे एक बार साहस करके कहती कि मेरी थाती को सँभालना और मेरी कहानी की पुनरावृत्ति से इसे बचाना। लेकिन सम्बन्धों के भयावह यथार्थ को मैं जानती हूँ। ये न सुरक्षा देते हैं, न मुक्त करते हैं, केवल अपने पूरे बोझ से आदमी पर लदे होते हैं। और मैं तुम पर अपना बोझ डालती भी तो किस अधिकार से! जब मेरे भाई, पति, सास सभी ने अपने सम्बन्धों से जकड़कर केवल मारा-पीटा, केवल उपेक्षा की, केवल जहर दिया, फिर तुमसे मेरा क्या सम्बन्ध? नहीं, मैं भूल रही हूँ, सम्बन्ध नहीं है तभी तो तुमसे मैं यह सब कुछ कह रही हूँ। शायद जाने-पहचाने सम्बन्धों से परे भी एक सम्बन्ध होता है जो आरोपित नहीं होता, स्वयं बनाया गया होता है, जो अधिक मानवीय और विश्वस्त होता है। इस जीवन में तुमसे जो प्यार और आत्मीयता पा सकी, उसी से लगा कि यह जीवन है, नहीं तो जीवन लगने जैसी और क्या बात थी इस प्यासे जीवन में? चलते-चलते तुम्हें एक बात बताऊँ। माँ ने पिताजी के मरने पर उनके खून से सनी मिट्टी का टुकड़ा सहेजकर रख लिया था। माँ के मरते समय मैंने

मिट्टी के उस टुकड़े में से थोड़ा निकाल लिया था। और आज खुद मरते समय उसे अपने ब्लाउज के नीचे रख ले रही हूँ। माँ और पिताजी के सम्बन्धों की ऊष्मा मुझे अपने दाम्पत्य जीवन में कहाँ मिली? यह तो ठीक उसके उलटा जीवन मिला। प्यार के सम्बन्ध की ऊष्मा...महसूस करने के लिए उसे छाती से चिपकाए मर रही हूँ। अच्छा भइया, अलविदा अलविदा...

तुम्हारी बहन
प्रभा

तो प्रभा चली गई? न जाने कैसा-कैसा लग रहा था। एक अवसन्न उदासी ने मन को ग्रस लिया था किन्तु भीतर-भीतर कहीं चित्त हल्का भी हो रहा था कि चलो, प्रभा को मुक्ति मिली; रोज-रोज के मरने से मुक्त हो गई प्रभा। लेकिन उसकी बेटी? अनाथ, निराश्रित और नारी की वही कहानी दुहराने के लिए अकेली छोड़ दी गई बेटी। उसका क्या होगा? लगा, जैसे सूनी रेत के विस्तार में मछली की तरह सोई हुई एक लड़की हाथ-पाँव फेंककर रो रही है, रोते-रोते उसका गला बैठ गया है। कोई नहीं है सुनने वाला, कोई नहीं है देखने वाला।

मैं सोचता हूँ, उठा लूँ उसे लेकिन देखता हूँ, दूर खड़े होकर कुछ लोग सावधान हैं कि उसे कोई उठाने न पाए। और फिर मेरे अपने पाँव भी तो उलझे हुए हैं अपनी परिस्थितियों के जाल में। कहाँ उठ पाएँगे आसानी से।

नहीं, मुझे इतना निराश नहीं होना चाहिए। प्रभा की बेटी एक विद्रोह की कविता है, उसके प्यार और आग भरे हृदय से फूटी हुई एक मूर्त कविता। वह घूरे पर नहीं फेंकी जा सकती। नहीं, वह अवरोध पाकर और उठेगी, वह अपनी ही लपटों की झालर में अपनी रक्षा करेगी। प्रभा ने एक नई शुरुआत की है, जिसमें खुद तो होम हो गई, किन्तु होम होकर उसने जो ताप और दीप्ति दी है, वह नहीं मरेगी।

एक भटकी हुई मुलाकात

गाड़ी चलने को ही थी कि अंजना झपटी हुई सेकंड क्लास के डिब्बे में दाखिल हो गई। डिब्बे में कोई खास भीड़ नहीं थी, एक-एक बर्थ पर दो-दो, एक-एक यात्री बैठे थे। अंजना ने जल्दी-जल्दी कुली से अपना सामान रखवाया, उसे पैसे दिये और गाड़ी चल दी। अंजना निश्चिन्त होकर अपना सामान सजाने लगी। होल्डाल बिछा दिया, डेलची और छोटी सी अटैची ऊपर के बर्थ पर डाल दी। एक टावेल और साबुन लेकर चली गई हाथ-मुँह धोने।

हाथ-मुँह धोकर लौटी तो ताजा अनुभव कर रही थी। टावेल डेलची पर फैला दिया, साबुन अन्दर डाल दिया और बालों को झटककर निश्चिन्तता की साँस ली। सामने बर्थ पर एक औरत बैठी-बैठी ऊँघ रही थी। रूप-रंग से सुन्दर और अपटुडेट कही जा सकती थी। हल्की-हल्की स्थूलता के नाते उम्र कुछ अधिक लग रही थी। किन्तु होगी अभी पचीस-तीस की। इसके साथ जो लड़का बैठा हुआ है वह दस वर्ष का तो होगा ही। दस का तो लड़का ही है फिर इस औरत की उम्र। नहीं वह तीस वर्ष से अधिक की नहीं होगी। वह खुद ही कहाँ तीस के पार है और उसका मनोज भी तो दस साल का हुआ होगा।

वह औरत ऊँघ रही थी। झपकी से नीचे गिरते हुए सिर को बार-बार उठा लेती थी। लाल-लाल आँखों से एक पल को देखती थी फिर ऊँघने लगती थी।

उफ, हद की गर्मी है। अभी तो पूरा दिन पड़ा हुआ है। पंखा भन-भन-भन भनभना रहा है...पसीने से इस औरत का सिन्दूर फैलकर ललाट पर पसर गया है। अंजना ने रूमाल से अपना पसीना पोंछ लिया। हाँ, पसीना ही तो है और कुछ नहीं, कभी इस ललाट पर भी...सिन्दूर फैलता था।

पंखा भन-भन-भन चल रहा था जैसे अगाध काल के सन्नाटे में हर पल बिना किसी से बोले हुए भागा जा रहा हो। बाहर धूप में चमकते हुए कटे खेत तेजी से पीछे छूट रहे थे। दहकते हुए ग़ुलमुहर और अमलतास के फूल स्मृतियों के समान इस भयंकर धूप में भी अपनी ताजगी लिये

पीछे छूट रहे थे। कभी-कभी ट्रेन पेड़ों के नजदीक होकर गुजरती थी तो एक हहराहट दोनों को एक क्षण के लिए बाँध देती थी।

दूर-दूर तक जलता हुआ सन्नाटा और भन भन-भन-भन चलता हुआ पंखा...और इस सन्नाटे में अंजना और उसके सामने ऊँघती हुई यह नारी और एक लड़का दस वर्ष के आसपास का। दस वर्ष का उसका अपना मनोज भी हुआ होगा। कितने वर्ष हो गए छूटे हुए, हाँ, पाँच वर्ष...अब शायद पहचान भी पाऊँ या नहीं। वह तो मुझे नहीं ही पहचान पाएगा।

और यह लड़का कब से खिड़की के बाहर की ओर मुँह किए देख रहा है, तन्मय है बाहर की दुनिया देखने में। धूप और गर्म हवा के झोंके इससे खिलवाड़ कर रहे हैं।

हाँ, इस लड़के की गोरी-गोरी गरदन दीख रही थी, माथे का पिछला हिस्सा भी। अंजना की नजर इस लड़के के सिर के पिछले हिस्से के बालों की भँवर में डूब गई थी। उसकी दृष्टि मानो इस बालक के कपड़ों के नीचे घुसकर उसके अंग-अंग पर रेंग रही थी और फिर गरदन तथा बालों पर आकर टिक जाती थी। मनोज का वह अंग-अंग पहचानती है और इस लड़के की ओर वह कब से देख रही है। उसे इच्छा होती है बुलाऊँ मगर—मगर क्यों बुलाऊँ? दूसरे के बच्चे को यों बुलाना ठीक नहीं है, और एक अज्ञात भय था जो उसे बुलाने नहीं देता। वह नहीं चाहती कि वह इधर मुँह फेरे। वह नहीं चाहती कि वह अपनी बड़ी-बड़ी आँखों की जलती गोलियाँ उसके सीने में चिपका दे। बस, बस, वह उसकी भँवर और गोरी गरदन देखती रहे।

अंजना ने टावेल उतारा और एक बार गरदन टेढ़ी करके बाहर की ओर देखा, टावेल से पसीना पोंछकर बर्थ पर लेट गई। उसने एक उपन्यास निकाल लिया, और पता नहीं पढ़ रही है या उससे आँखें ढक ली हैं। बीच-बीच में कनखियों से वह लड़के की ओर देख लेती थी। कमबख्त एकटक बाहर की ओर देख रहा है। वह उपन्यास पढ़ रही थी। "मनु, ओ लाड़ले। आँख में कुछ पड़ा तो तू मेरी मुश्किल कर देगा।" ऊँघती हुई नारी अब स्थिर होकर उठ बैठी थी।

'मनु'—अंजना चौंकी। वह धीरे-धीरे उठ बैठी। अब लड़के का

भरपूर चेहरा सामने था। अंजना उसे देख रही थी। मनु भी अपने पास ही सफर करने वाली इस महिला को मानो पहली बार देख रहा हो। वह एकटक अपनी आँखें अंजना की आँखों में डाले उसे निहार रहा था। अंजना की आँखों में मनु का भरपूर चेहरा समा आया।

पाँच वर्ष हो गए मनोज से छूटे हुए, पाँच वर्ष में बहुत फर्क आ सकता है, ठीक-ठीक पहचान पाना कितना मुश्किल होता है लेकिन क्या कोई माँ अपने बेटे को नहीं पहचान सकती, चाहे उससे पचीस वर्ष अलग रहे।

मनु अंजना को देख रहा था। कितनी तन्मयता है इन आँखों में, बाहर देखता रहा तो बाहर देखता रहा, अब अंजना को देख रहा है तो उसी को देख रहा है। और मनोज की सी बड़ी-बड़ी तरल आँखें, हाँ, कुछ सावधान हो गई हैं, नाक भी मनोज की सी है, हाँ, आगे की ओर थोड़ी अधिक झुक आई है और बीच से कुछ उठ गई है, दृष्टि में वही आर्द्रता—हाँ, ललाट कुछ अधिक प्रशस्त हो गया है। क्या यह मनोज नहीं हो सकता! क्या माँ की आँखें अपने बेटे को पहचानने में धोखा खा रही हैं? मगर इसके साथ यह नारी कौन है? शायद उन्होंने फिर शादी कर ली हो? क्यों न पूछ देखूँ? नहीं, क्यों पूछूँ, पूछकर ही क्या हो जाएगा? फिर एक नया घाव लेकर लौटूँगी। यह मनोज न हो भगवान। मगर अंजना की दृष्टि मनु की तरल आँखों की आर्द्रता से भीग रही थी। उसी की ओर रह-रहकर देखती थी फिर उपन्यास में मुँह छिपा लेती थी। मनु मनोज ही हो तो क्या हो जाएगा—मनोज तो उसका अपना ही था फिर अपना होकर भी कहाँ अपना रहा? यह पुरुष का कानून है, यह स्वतंत्र देश का कानून है कि बच्चा पैदा करे माँ और अधिकारी हो जाए बाप। संवेदनाओं का मूल्य त्याग में है। माँ अपनी सारी संवेदनाएँ दुह-दुहकर अपने पुत्र का निर्माण करती है। अपने पास वह क्या रखती है? लेकिन वही पुत्र न्याय के समय पिता का हो जाता है। न्याय और संवेदना मानो अलग-अलग चीजें हों।

वह उपन्यास से मुँह ढके-ढके क्या-क्या सोचने लगी—एक गीला-गीला अतीत उसके सामने से गुजरने लगा। मनोज दो साल का था और तभी तलाक की नौबत आई। सुधांशु बदली कराकर दिल्ली चला गया। वह अहमदाबाद में ही रही मनोज के साथ। कोर्ट ने फैसला किया कि

सुधांशु डेढ़ सौ रुपये महीने देगा अंजना को, जब तक वह नई शादी नहीं कर लेती। उसने इसे अपना बड़ा अपमान समझा। सुधांशु का जब कुछ अपना नहीं रहा तो उसके रुपये क्यों लूँ। क्या मैं इतनी असहाय हूँ? नहीं, उसकी एक चीज है मेरे पास मनोज। मनोज के लिए ये रुपये लेने पड़ेंगे। कोर्ट का फैसला यही है न कि मनोज सुधांशु का है। सुधांशु जब तक चाहे उसे पालने-पोसने के लिए अंजना के पास छोड़ सकता है। अंजना को इस फैसले पर इतना क्रोध आया कि...मगर फैसले का क्या दोष, कानून ही ऐसा है। अब वह सुधांशु की कोई चीज अपने पास क्यों रखे? क्या वह सुधांशु की दासी है कि अमुक समय तक उसकी चीज की देखभाल करती रहे और सुधांशु जब चाहे उसे वापस छीन ले। हाय! मनोज चीज, वस्तु तो नहीं है। कानून भले उसे सुधांशु का बेटा कहे लेकिन वह उसकी माँ है। इसे कौन नहीं कहेगा? और किसी के 'नहीं' 'हाँ' कहने से क्या होता है? वह उसकी माँ...है तो है। किसी के मानने-न मानने से क्या होता है। उसकी माँ है तो हमेशा माँ ही रहेगी और माँ बेटे को अपने प्राणों का रस पिला-पिलाकर पालेगी जब तक उसे पालने का अवसर दिया जाएगा। उसने मनोज के लिए ही सुधांशु के डेढ़ सौ रुपये मासिक स्वीकार किए। मनोज उसकी सारी तरलता पीकर बढ़ता गया। बीच-बीच में अंजना मनोज के अलग होने की कल्पना से उदास हो उठती जैसे किसी ने एकाएक उसके प्राण रस को सोख लिया हो और मनोज को गीले वक्ष पर चिपकाकर अपने सारे दर्द बिखेर देती। पाँच वर्ष पूरे होने पर सुधांशु आया मनोज को ले जाने के लिए। मैंने क्यों नहीं कह दिया? जानती थी कि फैसला सुधांशु के पक्ष में है। सुधांशु ने कहा था कि मैं इसे ले जाऊँगा। मैंने कहा—नहीं दूँगी, नहीं दूँगी, नहीं दूँगी। कानून तुम्हारे पक्ष में है तो क्या हुआ? मनुष्य के कुछ नैतिक अधिकार भी तो होते हैं। मनोज मेरे प्यार की बूँद-बूँद पीकर बना है, विकसा है। यह मुझसे अलग होगा तो मैं...खैर! मेरी बात छोड़ो। मैं तो...मैं तो सह लूँगी, बहुत सी नारियाँ सहती हैं लेकिन मनोज बिखर जाएगा। और बेटे का बिखरना माँ नहीं देख सकती। यह अनाथ हो जाएगा। प्यार न पाकर टूट जाएगा। सुधांशु गरजा था कि प्यार तो

बस तुम्हारे ही पास है, तुम्हीं दुनिया भर के बच्चों को पाल-पोस रही हो!

मैं अपना सारा अभिमान छोड़कर अनुनय पर उतर आई, "सुधांशु इतने क्रूर मत बनो। माना कि यह कानूनन तुम्हारा बेटा है, तुम्हारा रहेगा लेकिन मुझे इसकी सेवा कर पाल-पोस लेने दो। स्वावलम्बी होगा तो तुम्हारे पास भेज दूँगी। आखिर मैं भी तो कुछ हूँ...।"

"तुम इसकी कोई नहीं हो। केवल पैदा करने की मशीन हो।"

मैं ताव खा गई—"आखिर तुम अपनी जाति पर उतर आए। सुधांशु! तलाक के बाद तुम्हें मेरा अपमान करने का कोई हक नहीं है, ले जाओ अपने बेटे को।" मैं फफकती हुई अन्दर चली गई यह कहती हुई कि उसे ले जाओ, अपने बेटे को अभी ले जाओ...अभी...

मैं सुनती रही कि सुधांशु मनोज को लालच देता रहा, चल बेटे दिल्ली चलें। वहाँ मेला है, लाल-लाल खिलौने हैं। चलो घूम आएँ। मनोज मेले के नाम पर बड़ा खुश हुआ लेकिन उसने कहा कि मेरी माँ भी चलेगी। "नहीं बेटे, तुम्हारी माँ तो यहीं रहेगी। तुम्हारे लिए नये-नये कपड़े बनाती रहेगी। जब तुम मेले में घूमकर आओगे तो तुम्हें पहनाएगी। हाँ, 'मेरा बेटा लौट आया' कहकर प्यार करेगी।"

"नहीं-नहीं...माँ को भी ले चलो, मैं अकेले नहीं जाऊँगा, मैं तो तुमको जानता भी नहीं। तुम कहीं मेले में खो दो तो?"

"अरे नहीं बेटा, मैं तो तेरा डैडी हूँ डैडी। मैं तुम्हें कैसे खोऊँगा? मैं तुम्हें घुमाकर यहाँ लौट आऊँगा।"

मेरी इच्छा हुई कि चिल्लाकर कहूँ, बड़े बाप बनते हो तो अधिकार से ले जाओ, माँ की ममता को बीच में रखकर क्यों ले जाते हो, लौटा लाने के झूठे वादे क्यों करते हो? मगर नहीं बोली। बाप है, ले ही जाएगा। अधिकार से ले जाएगा। पुलिस बुलाकर ले जाएगा। बेटा रोएगा, अहकेगा तो छाती फटेगी माँ की ही न।

मनोज तैयार हो गया। "माँ कपड़े पहना दे—मैं दिल्ली मेला देखने जाऊँगा। तू मेरे लिए अच्छे-अच्छे कपड़े रखना।"

मैं अपने को दाबते-दाबते फफकने लगी थी। "तू रोती क्यों है माँ? मैं तो दो दिन में लौट आऊँगा। डैडी कहते हैं। वह डैडी हैं न माँ?"

"हाँ बेटा। जाओ, जाओ।" मैंने अपने ही हाथों मनोज को तैयार किया और सुधांशु के हाथों सौंपते हुए कहा, "खयाल रखना।" मैं फिर मुँह फेरकर देर तक फफकती रही।

उसके बाद अंजना को सुधांशु की कोई चिट्ठी नहीं मिली। उसने सुधांशु के भेजे हुए 150 रुपये भी लौटा दिए, फिर कभी नहीं स्वीकार किए। मनोज के बारे में वह कुछ नहीं जान सकी, केवल वह कल्पना कर सकी कि दिल्ली जाकर वह माँ के पास लौटने के लिए चीख रहा है। सुधांशु तरह-तरह के प्रलोभनों से उसे अपने यहाँ रखने का प्रयास कर रहा है। मनोज माँ को खोजता है। धाय या और कोई उसे चुप कराता है पर वह माँ को खोजता है। नहीं चुप होने पर उसे सुधांशु मारता है। धीरे-धीरे दिन बीत रहे हैं। मनोज उदास-उदास-सा रहता है, सूखी आँखों से आसपास के आकाश को देखता हुआ चुपचाप बैठा रहता है। फिर धीरे-धीरे सब कुछ भूल जाता है शायद अंजना को भी...।

औरत बड़बड़ाई, "अभी तक नहीं आए, दोपहर हो गई, खाने का वक्त हो गया, दोस्तों से बातें करते हैं दूसरे कम्पार्टमेंट में। इन्हें औरों का भी कुछ खयाल है?"

अंजना मनु की ओर देख रही थी। मनु कमल सी बड़ी भोली-भाली आँखों में तरलता भरे अंजना को देखता था, आँखें मिलने पर शरमाकर फेर लेता था। अंजना को लगता था कि मनु की आँखें उसकी रग-रग में बह रही हैं, क्यों बह रही हैं, उसे क्या मालूम?

"माँ!" मनु एकदम चीखा। अंजना झटके से उठ बैठी जैसे उसे किसी ने पुकारा हो। वह अपनी इस नादानी पर शरमा गई। उसने देखा कि वह लड़का—मनु उस औरत की ओर मुखातिब होकर आँख मल रहा है।

"माँ, आँख में कोयला पड़ गया।"

"अरे कमबख्त कितनी बार कहा कि गाड़ी के बाहर मत झाँको लेकिन नहीं मानोगे," उस औरत ने बेरुखी से लड़के को खींचकर अपने सामने कर लिया और आँचल के छोर से उसकी आँख से कोयला निकालने लगी। बीच-बीच में उसकी गरदन सख्त हाथों से इधर-उधर टेढ़ी-मेढ़ी कर दे रही थी और लड़का सिहर-सिहर उठता था किन्तु न

जाने कौन सा एक अज्ञात भय कि रो नहीं पाता था।

अंजना फिर लेट गई और उपन्यास उठा लिया। किसी स्टेशन पर गाड़ी रुकी, औरत बड़बड़ाई—"अभी भी नहीं आए, अजीब हैं गैर-जिम्मेदार और फालतू आदमी।"

"कहो सीमा डार्लिंग!" गाड़ी सरकी।

अंजना के कान में मानो पिघला हुआ शीशा पड़ गया हो, वह फिर झटके से उठ बैठी, सुधांशु! हाँ, वही तो है। इस औरत की ओर मुँह किए बात कर रहा है।

"देर हो गई डियर अरे वह..." उसकी दृष्टि अंजना से टकरा गई जैसे किसी ने वाक्य के डंठल को चटाक से तोड़ दिया, जैसे पूरी स्पीड में भागती गाड़ी उलट गई।

लेकिन उसने अपने को पलभर में सँभाल लिया—यह मेरा मतलब है कि वह लाल शंकर, जो अपना मजिस्ट्रेट दोस्त है न, छोड़ता ही नहीं था—और—और सु-सुनो मनोज, क्या—क्या—तुमने खाना खा लिया?"

"नहीं पप्पा, मैं और मम्मी आपका इन्तजार कर रहे थे।"

'मम्मी' एक गहरा धक्का लगा और अंजना के दिल का शीशा चटाक कर बैठा।

तो यह मेरा मनोज है और मैं इसकी मम्मी भी नहीं। मम्मी हुई यह सीमा। हाँ, तो यह इनके ऑफिस वाली वही टाइपिस्ट है। शायद शादी कर ली है इससे...

अंजना एक बार क्रोध और घृणा से आँखें खींचकर दूसरी ओर देखने लगी। सुधांशु अपनी नई पत्नी को बीच की ओर सरकाकर बैठ गया। सुधांशु कभी ऊपर बर्थ की ओर देखता कभी बाहर की ओर ताकता, कभी दूसरे मुसाफिरों की ओर ताकता, आँखें चारों ओर से फिसलती-फिसलती अंजना पर गिर जातीं और...और जब अंजना की आँखें भी फिसलती-फिसलती सुधांशु पर गिर जातीं तो दोनों एक क्षण को टकरा जातीं और झटकने से अलग हो जातीं।

पंखा भन-भन चल रहा था। कम्पार्टमेंट तपने लगा था। हू-हू करके बाहर हवाएँ बहने लगी थीं लेकिन शीशे की खिड़कियों के बन्द हो जाने

से आवाजें भीतर उतनी तेजी से नहीं आ रही थीं। हर बर्थ पर, हर सीट पर, हर दीवार पर जैसे सन्नाटे की चींटियाँ चिपकी हुई रेंग रही थीं। अंजना और सुधांशु की आँखें इन चींटियों को गिन रही थीं। बीच में पंखा भनभना रहा था।

अंजना की आँखें घूम-फिर कर मनोज पर टिक जातीं—तो इतना बड़ा हो गया। बगल में बैठी हुई यह परायी औरत इसकी माँ है और मैं कोई नहीं। एकदम भूल गया होगा मुझे, लेकिन क्यों मुझे तरल-तरल आँखों से देख रहा है? लगता है कि बीच में आलिंगन के स्पर्श से हवा छटपटा रही है, लगता है अब वह मेरी गोद में टूट पड़ेगा। मेरा रोम-रोम एक परिचित स्पर्श के सुख में फड़फड़ा उठेगा। हाय! कितने ऐसे क्षण बीत गए। वह कब से ताक रहा है। उसकी आँखों की यह तरलता मेरी अपनी ही तो है और मैं अपने से इतनी दूर! यह एक गज का फासला देशान्तर का फासला बनकर बीच में तड़प रहा है। मैं मनोज को देखने और गोद में भर लेने के लिए कितनी तड़पी थी और वही मनोज खोई हुई निधि के समान एकाएक मिल गया तो उसे देखने में भी जी काँपता है जैसे किसी और का माल हो। अपनी ही निधि को भर आँख देख पाने में चोरी का अपराध...एक बार तो इसे बेटा कह पाती...एक बार तो वह मुझे माँ कह पाता...एक बार...

"डियर! तुम्हें भूख नहीं लगती तो औरों को भी नहीं लगती। आकर चुपचाप बैठ गए। पता नहीं क्या घूर-घूरकर देख रहे हो।"

सुधांशु और अंजना दोनों जैसे कहीं टकरा गए। दोनों ने इस कथन का व्यंग्य समझा।

"हाँ-हाँ चलो-चलो, उतारो-उतारो...हाँ बस खाना-वाना खा लिया जाए। हाँ-हाँ।"

अंजना सरककर खिड़की के पास चली गई और बाहर की तरफ मुँह किए उपन्यास पढ़ने में डूबना चाहने लगी!

सीमा खाने-पीने के लिए सामान खटर-खटर सरकाने लगी, "अरे उतारो ऊपर से खाने-पीने का सामान, बैठे क्या हो?"

"अरे हाँ-हाँ।" अचकचाकर सुधांशु उठा और ऊपर से भोजन की

डेलची के स्थान पर छोटा बॉक्स उतार लिया।

"तुम्हें हो क्या गया है? यह बॉक्स खाया जाएगा? खाने का सामान तो डेलची में है।"

"अरे हाँ, मैं तो भूल ही गया था..."

अंजना उपन्यास पर आँखें बिछाए सुधांशु की परेशानी का अनुमान लगा रही थी। वह एक अद्‌भुत संकोच में डूबी जा रही थी जैसे वह भरी सड़क पर नंगी हो गई हो। चाह रही थी कि उठकर यहाँ से कहीं और चली जाए। लेकिन एक जड़िमा से अभिभूत सी हो गई थी। कुछ करते नहीं बनता था। दूसरे, उसके इस तरह उठकर चले जाने से क्या सोचेगी यह औरत और कहीं उसके अन्तर्मन को मनोज की निकटता पकड़े बैठी थी।

"मनु बेटा, तुम यहाँ बीच में इस बॉक्स पर बैठ जाओ।" सीमा ने खाना सजा दिया था। बर्थ पर एक ओर सुधांशु था एक ओर वह और दो बर्थों के बीच की खाली जगह में बॉक्स बिछाकर मनोज को बैठा दिया...

सुधांशु मर्माहत-सा बैठा था। वह खाना खाए? उसकी पत्नी, दस वर्षों तक उसके सुख-दुःख की संगिनी अंजना उसके सामने बैठी हुई है, उसे वह खाने तक के लिए पूछ नहीं सके और खुद खाना खाने लगे। तलाक दे दिया है...हाँ, दे तो दिया है लेकिन...

"अरे खाते क्यों नहीं हो? इस तरह आज लुटे-लुटे से क्यों हो? क्या कहीं कुछ खो बैठे हो?" यह कहकर सीमा ने अंजना की ओर व्यंग्य-भरी निगाह फेरी।

"अरे हाँ-हाँ खाता तो हूँ, लो ये देखो!" अंजना को लगा कि सीमा उसकी ओर व्यंग्य से मुस्कराती हुई देख रही है। उसने सुधांशु के अन्तर-मंथन को स्वयं अनुभव किया। हाँ, तलाक तो दे दिया है। सारे सम्बन्ध तो कानून से तोड़ लिए गए हैं, उन्होंने दूसरा सम्बन्ध भी स्थापित कर लिया है फिर यह सब क्या है? लगता है कुछ और है जो नहीं छूटता, नहीं छूटता। वह स्वयं क्यों सुधांशु को देखकर चंचल हो गई है। उद्विग्न हो गई है? बहुत से पुरुष आते-जाते हैं, साथ यात्रा करते हैं, कहाँ कुछ अनुभव होता है? फिर सुधांशु को देखकर ही यह सब कुछ क्यों हो रहा है? लगता है अभी भी कुछ टूटने को बाकी है।

लगता है सुधांशु नहीं खा रहा है।

सुधांशु पूड़ी का एक टुकड़ा मुँह में डालकर देर तक चुभला रहा था। ये कौर जहर के समान उसके स्वाद को विषाक्त कर रहे थे; डाल दिया है तो निगलना ही है। हाय, अंजना उसके सामने बैठी है, वर्षों बाद मिली है, उससे वह इतना भी नहीं कह सकता कि आओ, साथ खाना खा लें। वे वर्ष उसकी आँखों में तैरते हुए निकल गए—अंजना ने सुधांशु को खाना खिलाए बिना कभी खाना नहीं खाया और सुधांशु ने भी हमेशा साथ खाने के लिए अंजना को बाँहों में लपेटकर थाल के पास खींच लिया। दोनों ने प्रेम से कभी-कभी एक-दूसरे के मुँह में कौर डाले। अंजना की आँच से दीप्त चूल्हे की लपटें, उसकी प्रीत से सिक्त भोजन की महक, उसके स्पर्श से बजती चमचमाती थालियाँ, चम्मच, गिलास और सबके ऊपर तैरती अंजना की स्वच्छ आँखों का बहाव और दोनों के मान-मनुहार और हँसी-खिलखिलाहटों से धड़कते क्षण। और आज वही अंजना सामने है—वह खाने को नहीं पूछ पा रहा है। एक तनाव, एक अटकाव...क्या था जो इस प्रीति की स्वच्छता में दाग बनकर उभरता गया—शायद उसकी नादानी, शायद अंजना का असहिष्णु व्यक्तित्व। यही सीमा है, जो उसके डिपार्टमेंट में टाइपिस्ट थी। होते-होते कुछ हो गया और अंजना जैसे सब कुछ बर्दाश्त कर सकती थी यह नहीं। उसे गंध मिली और पहले तो उदास रही, बाद में उग्र हो गई, और बात बिगड़ते-बिगड़ते यहाँ तक बिगड़ गई कि वह उसके अस्तित्व को बर्दाश्त कर पाने में अपने को असमर्थ पाने लगा। अब लगता है कि सारी घटनाएँ एक मिथ्या तनाव, एक मिथ्या दर्प-बोध के कारण घट गईं, घटती गईं और जब घट गईं तो घट गईं। उन्हें कहाँ लौटाया जा सकता है? सीमा अपनी मादक मोहकता लिये उसकी नस-नस में भीनती जा रही थी, उसके ऊपर छाती जा रही थी लेकिन बाद में लगा कि सीमा की सारी मादकता ऊपरी थी जैसे एक खाली कमरे के चारों ओर रंगीन फुलझड़ियाँ जल रही हों। इसके व्यवहार में वह सौहार्द और कोमलता नहीं जो इसके ऊपरी सौन्दर्य में है।

और आज अब अंजना और सीमा दोनों साथ-साथ हैं तो दोनों का यह अन्तर कितनी तीव्रता से उसे बेध रहा है।

जी होता है कहे अंजना से साथ खाना खाने के लिए। पर किस अधिकार से कहे? सारे अधिकार तो छीन लिए हैं। काश सीमा ही उससे खाने को पूछती, पर वह क्यों पूछने लगी?

सुधांशु ने मनोज की ओर देखा। सुधांशु ने...हाँ सारे अधिकार छीन लिए हैं, उसके बेटे को भी। कितनी तरलता से मनोज को देख रही थी।

और यह सीमा उसके अधिकारों पर कुंडली मारे बैठी है। इसे अधिकारों की सुरक्षा करने भी...

"अरे! खाते क्यों नहीं हो?"

"खाता तो हूँ।" सुधांशु जोर से तड़पा, फिर वह सँभल गया। धीरे से कहा, "खाता तो हूँ।"

सुधांशु सोच रहा था—कहाँ जा रही है अंजना? फिर शादी तो शायद नहीं की। क्या कोई नौकरी की है? मगर नहीं...नहीं...वह नहीं पूछ सकता?

सुधांशु को लगा कि अंजना की पीठ रह-रहकर थरथरा रही है।

अंजना ने झटके से घड़ी देखी। उपन्यास रख दिया और सुधांशु परिवार की ओर मुँह किए हुए धीरे-धीरे सामान लपेटने लगी।

एकाएक शीशे का एक गिलास गिरा और चूर-चूर हो गया।

सीमा का एक चाँटा मनोज के गाल पर लगा—कमबख्त।

झटके से अंजना की आँखें घूम गईं। आँखें भीगी हुई थीं किन्तु उनमें एक रोष की आँच उग आई थी।

सुधांशु की आँखों से उसकी भीगी जलती आँखें क्षणभर को टकराईं, फिर अपनी दिशा में लौट गईं।

खिड़की खोल ली थी।

दो बजे की आँच में तपता हुआ सुनसान स्टेशन—ओ कुली...

अंजना झटके से स्टेशन पर उतर गई।

सीमा झटके में चिल्लाई, "अरी ओ बहन जी, यह पैकेट आपका छूटा जा रहा है।" लेकिन अंजना उसी तपते हुए स्टेशन के सन्नाटे में खो गई।

सुधांशु एकटक देखता रहा।

सीमा ने फिर पैकेट की ओर देखा, 'मनोज के लिए।'

"अरे देखो न वह औरत मनोज के लिए यह पैकेट छोड़ गई है।" सुधांशु ने बाहर की ओर आँखें फिराकर पैकेट को देखा। उच्छ्वास लेकर बोला, "हाँ, अंजना थी वह...।"

"क्या!" सीमा एकाएक चौंक उठी और मनोज विस्मय से आँखें खोल पिता की ओर देखता रहा।

लेकिन खुलती हुई गाड़ी की जोर की झझक्क में सब कुछ डूब गया।

खाली घर

लगभग साल भर बाद घर जा रहा हूँ। एक अज्ञात भय की कँपकँपी मेरे मन को छू-छू जाती है—कैसा दिखेगा घर? कैसे दिखेंगे कमरे?

शाम होने को है। मैं गाँव के पास पहुँच गया हूँ। गाँव के पश्चिम की यह कच्ची सड़क है। मुझे बहुत प्यारी है यह। बचपन में इस सड़क की ठंडी धूल में पैर धँसाकर हम खेलते थे और इस कोने वाले आम के पेड़ के नीचे खड़े हम बाहर गए हुए अपने पिताजी का इन्तजार करते थे, तीर्थ नहाकर लौटने वाली माता की राह अगोरते थे, ये मिठाइयाँ लाते थे हमारे लिए। जब इस सड़क पर आता हूँ तो बचपन की कच्ची धूल सारे तन से लिपट जाती है। जी होता है, एक बार सड़क पर लोटूँ। मगर इस बार ऐसा नहीं लग रहा है। लगता है, हमारे पद-चिह्नों को रौंदते हुए हजारों पाँव गुजर गए हों।

"बीनू।" धीरे से पुकारा मैंने। हाँ, बीनू ही तो है। उसी आम के पेड़ के नीचे खड़ा होकर पश्चिम की ओर देख रहा है।

"बीनू!" मैंने पास आकर उसके कन्धे पर धीरे से हाथ रख दिया। उसने मेरी ओर एक बार शून्य आँखों से देखा, मानो पहचानने की कोशिश कर रहा हो। मैं बाँहें फैलाए खड़ा था। वह स्तब्ध देखता रहा, फिर एकाएक मेरी बाँहों में आ टूटा, "चाचा!" मैंने उसे छाती में भींच लिया।

"चाचा, तुम उधर से (उसने उँगली उठाकर पश्चिम दिशा की ओर संकेत किया) आ रहे हो?"

"हाँ बेटे, उधर से ही आ रहा हूँ।"

"तो तुमने मेरी अम्माँ को आते नहीं देखा!"

"नहीं बेटा, मैंने तो नहीं देखा।" मेरी आँखें भर आईं।

"अम्माँ क्यों नहीं आती चाचा? मैं तो रोज-रोज उसकी राह अगोरता हूँ...बाबूजी कहते हैं कि अम्माँ गंगा नहाने गई हैं। तुमने तो नहीं देखा चाचा? बहुत से लोग उसे कन्धे पर उठाकर गंगाजी पहुँचाने गए थे। बाबूजी उसे गंगाजी पहुँचाकर लौट आए थे, कहते थे, अम्माँ बाद में आएगी। कब आएगी चाचा? मैं तो कितने दिन से यहाँ आ-आकर उसे बुलाता हूँ...।"

मेरे भीतर एक हूक-सी उठ रही थी। लगता था, जैसे अब जोर से रो पड़ूँगा...

विनोद मेरे छलछलाते आँसुओं को नहीं देख पा रहा था, वह कहे जा रहा था, "अम्माँ के बिना अच्छा नहीं लगता चाचा। कुछ भी अच्छा नहीं लगता। अम्माँ कितना नहा रही है चाचा? उसे मेरा मोह नहीं लगता अब? चाचा, चम्पा कहती है कि अम्मा मर गई, अब कभी नहीं आएगी। वह गंगाजी में डूबकर भगवान के यहाँ चली गई। मरना क्या होता है चाचा? बाबूजी इतने बड़े होकर झूठ बोलेंगे! चम्पा तो बड़ी झूठी है, झूठ बोलती है न चाचा?"

"हाँ बेटा!" और मैं फफककर रो पड़ा।

"तुम भी रोते हो चाचा! जब अम्माँ गंगाजी नहाने जा रही थीं, तो सभी रो रहे थे। बाबूजी रो रहे थे, गाँव के लोग रो रहे थे और तुम भी रोते हो! गंगाजी नहाने जाना कोई खराब बात है क्या चाचा?"

"नहीं बेटा!"

"तो क्यों लोग रो रहे थे, क्यों तुम रो रहे हो?"

"बेटा, तुम्हें इतने दिनों पर देखा है तो मोह से रुलाई आ गई।"

"मेरी माँ कब आएगी चाचा? सभी झूठ बोलते हैं, तुम नहीं झूठ बोलोगे।"

मैं कुछ समझ नहीं सका। बार-बार भीतर से हूल-सी मार रही थी। मैंने बीनू का ध्यान फेरने की गरज से कहा, "वो देखो, चम्पा आ रही है तुम्हें खोजती हुई।"

चम्पा इधर को ही आ रही थी। शायद वह जानती थी कि रोज की तरह विनोद यहीं होगा।

चम्पा—बारह साल की गोरी-गोरी लड़की, रबड़ सी मुलायम देह, आँखों में स्वच्छ हँसी तैरती हुई, भरा-भरा चेहरा; आज लग रहा था कि उसके पूरे शरीर को कोल्हू में पेरकर निचोड़ लिया गया हो। आँखों में सर्द स्याही फैली हुई थी। मुझे देखकर मुस्कराई, जैसे श्मशान में चिता की लौ जल उठी हो, फिर हबसने लगी।

"चाचा, यह चम्पा क्यों रोती है? यही कहती है, अम्माँ मर गई है, कभी नहीं आएगी, इसलिए रोती है यह। अम्माँ नहीं आएगी चाचा?"

"आएगी, आएगी मेरे बेटे, आएगी...।

घर में घुसा तो बीनू को नीचे उतार दिया। वह धीरे-धीरे भाभी के कमरे की ओर बढ़ गया। मैं भी अनजाने खिंचा चला गया। कमरे में झाँका तो कलेजा सनसना उठा। उनका बक्स अस्त-व्यस्त पड़ा हुआ था, उनकी तसवीर तिरछी होकर लटकी थी, उनका आईना बीच में फूट गया था, बीनू के जूते-मोजे यहाँ-वहाँ बिखरे पड़े थे। कमरे में झाँका तो जी धक्क से रह गया, एक विराट सूनापन जैसे झाँय-झाँय कर उठा हो।

इस बार नौकरी पर जा रहा था तो भाभी मुस्कराती हुई दरवाजे पर खड़ी थीं, लेकिन उनकी आँखों के भीतर से एक अगाध व्यथा झाँक रही थी।

"जल्दी-जल्दी आया करो बाबू। जाते हो तो आने का नाम ही नहीं लेते!" भाभी का भीगा हुआ स्वर गीले कपड़े की तरह मेरे अंग-अंग पर बिछ गया था।

"बहुत दूर चला गया हूँ भाभी! दूसरे, प्रेस की नौकरी, जल्दी नहीं आना हो पाता है। और आज के जमाने में साल-दो साल का समय भी क्या होता है भाभी?"

"तुम्हें नहीं होता है, लेकिन देहात के घर में तो साल-दो साल पूरा एक जुग होता है बाबू। शहर जाकर निरमोही हो गए हो न! यहाँ तो मन बहुत उदासता है।"

"मन क्यों उदासता है भाभी? भइया हैं, चम्पा है, विनोद है और तुम्हारी रंगीनी है, इतने तो साथी हैं...।"

"छोड़ो बाबू, तुम्हारे भइया को गृहस्थी और परोपकार के काम से फुर्सत भी कहाँ? चम्पा पढ़ने जाती है। हाँ, बीनू है, जो अकेले इस सारे सन्नाटे को काटने में लगा रहता है। हाँ, मेरी देवरानी आ जाती तो...।"

"अरे छोड़ो भाभी, अभी क्या जल्दी है? बला जितनी देर से आए उतना ही अच्छा।"

"यह मीठी बला है लाला, इसे कौन नहीं चाहता? और जल्दी की बात कही, सो जिन्दगी का क्या भरोसा? कौन जाने, इस बार मुझे देखकर जा रहे हो, अगली बार आओ, न पाओ।"

"भाभी!" मैं जोर से तड़पा।

"यह तो एक दृष्टान्त की बात कह रही हूँ बाबू, घबराने की बात नहीं।"

मुझे क्या पता था कि यह दृष्टान्त भाभी पर ही चरितार्थ होगा। सालभर बाद लग रहा है, कि भाभी उसी प्रकार दरवाजे पर होंठों पर हँसी और आँखों में अगाध व्यथा लेकर मुझे विदा दे रही हैं...मुझे लग रहा है कि वे कमरे के एक कोने में बैठी सन्दूक से पैसे निकाल रही हैं। खाट पर लेटी हुई बीनू को कहानियाँ सुना रही हैं। मेरे पैर अपने आप अन्दर बढ़ गए; जैसे एक भयंकर खालीपन चीत्कार कर उठा हो...डरकर मैं पीछे लौट आया।

शाम गहरा रही थी। मुझे लगा कि भाभी रसोईघर में चूल्हे के पास बैठी रोटियाँ सेंक रही हैं और धीरे-धीरे कोई ब्याह का गीत गुनगुना रही हैं। चूल्हा उदास पड़ा था धुएँ से धुमठा हुआ। दो-चार सुलगी हुई लकड़ियाँ बिखरी थीं। शायद चम्पा ने शाम के लिए रोटियाँ सेंकी हैं।

"चाचा, मेरी अम्माँ मुझे यहीं बैठाकर रोटियाँ खिलाती थी। कभी

रोता था तो गोदी में बैठाकर रोटियाँ सेंकती थी और जब मैं बहुत तंग करने लगता था तो गोदी से उठाकर फेंक देती थी और जब मैं उस कोने में बैठकर अहकने लगता था तो रोती हुई आती थी, छाती से लगा लेती थी। अब मैं इसी कोने में बैठा रहता हूँ, कोई नहीं आता लेने के लिए, मैं तो अब रोता भी नहीं।"

और स्मृतियाँ ही स्मृतियाँ...भाभी तुलसी के चौरे पर दीप जलाकर विनय की मुद्रा में झुकी हुई हैं...चूल्हे के पास बैठी हुई हैं...और चूल्हे की आँच से तपे हुए गोरे मुखमंडल पर पसीने की बूँदें छा गई हैं, गरम-गरम रोटियों की ऊष्मा पूरे घर में महक रही है...

ओसारे में बैठा था विनोद और चम्पा के साथ। भइया आए, शायद कोई पंचायत करके। एक ढिबरी जल रही थी। भाई साहब आकर धीरे से खाट पर बैठ गए। ढिबरी के मन्द प्रकाश में देखा—घुटा हुआ सिर, चेहरे की रेखाएँ जैसे एकदम कठोर हो गई हैं, स्तब्ध आँखें जिनमें आँसू उठकर सूख गए हों।

"कब आए?" कुछ देर बाद टूटी आवाज में पूछा उन्होंने।

"घंटा भर पहले।"

लगता था कि भाई साहब किसी शून्य लोक में खो गए हों।

"बाबूजी, चलिए खाना खा लीजिए। चाचाजी आप भी।" चम्पा बोली।

भाई साहब यंत्र की तरह उठ खड़े हुए, "चलो।" विनोद को उन्होंने गोद में उठा लिया।

"चम्पा कुछ बना लेती है, यही एक सहारा है।" भाई साहब निरुद्वेग भाव से बोले।

"खाओ बेटा बीनू, खाते क्यों नहीं?" मैंने विनोद को उकसाया।

"मुझे अच्छा नहीं लगता चम्पा का बनाया हुआ खाना। मेरी माँ को बुला दो। मुझे कितना अच्छा-अच्छा खाना खिलाती थी। चम्पा को तो कुछ आता ही नहीं। तुम लोगों ने मेरी अम्मा को घर से निकाल दिया है। कोई बुलाता नहीं उसे। मैं नहीं खाऊँगा। कभी नहीं खाऊँगा।"

भाई साहब ने बड़ी कठोर मुद्रा से एक बार मेरी ओर, एक बार विनोद की ओर देखा। कहना मुश्किल था कि उस मुद्रा में कठोरता अधिक थी कि बेबसी। विनोद सहम गया।

खाना खाकर हम लोग चारपाई पर बैठे। फिर उसी जड़ता ने भइया को दबोच रखा। मुझे कुछ पूछने की हिम्मत नहीं हो रही थी। कुछ देर बाद वे स्वयं बोले, "निमोनिया हो गया था। देहात में जितनी कोशिश हो सकती थी की, नहीं बच सकी।"

फिर वही कठोर चुप्पी भाई साहब ने साध ली। ढिबरी के प्रकाश में मैंने उनके धूसर मुख की स्तब्ध जड़ता को धीरे-धीरे काँपते हुए देखा, फिर जैसे सारा चेहरा पिघल गया और टप्प-टप्प आँसू चूने लगे, फिर जैसे सारे आँसू एक साथ उमड़ पड़े, उन्होंने आँसुओं को पोंछा नहीं।

चम्पा और विनोद सो गए थे। भाई साहब ने इतनी देर बाद पूछा, "कैसे रहे तुम?"

"ठीक।" जैसे भाई साहब की जड़ता संक्रामक होकर मुझे भी लपेटने लगी थी।

"तुम तो नहीं आ सके, बड़ी पीड़ा से मरी है। लक्ष्मी घर सूना कर गई! कुछ सोच नहीं पाता, इस बीनू का क्या करूँ? घर में दूसरी कोई औरत होती तो शायद सँभाल लेती। मैं अकेले क्या-क्या करूँ—घर-गृहस्थी, अंचायत-पंचायत...सौ लफड़े। बीनू...जैसे एक बड़े तपते हुए सुनसान में कोई चिड़िया का बच्चा आ फँसा हो...इस असहाय को मैं कैसे समझाऊँ? सुधीर...तुम्हारी भाभी विनोद की व्यथा समझती थी। उसकी आँखों में एक गहरी काली रात थरथरा रही थी, वह इसीलिए मर-मरकर मरी है...कितने दिन की छुट्टी है?"

"सात दिन की। चार दिन तो आने-जाने में बीत जाते हैं।"

"हूँ।"

विनोद सोने में जोर-जोर से रोने लगा "नहीं न...हीं...न...हीं... अहहहह..."

भाई साहब ने मेरी ओर देखा, बोले, "देखो, ऐसे ही रोता है रात में तीन-चार बार, सो नहीं पाता हूँ।"

विनोद रोए जा रहा था, मैंने ठीक-ठाक कर फिर उसे सुला दिया।

हम लोग सो गए। दो घंटे बाद बीनू फिर उसी तरह चीखने लगा, "नहीं...नहीं..." भाई साहब ने उसे थपकी देकर सुला दिया। फिर घंटाभर बाद वह चीखने लगा। भाई साहब खीज उठे। उसके गाल पर दो थप्पड़ रसीद किए और खाट के नीचे ढकेल दिया, "कमीना, पाजी! बोल, फिर रोएगा?" विनोद भय से काँपने लगा। रोते-रोते कह रहा था, "नहीं अब नहीं रोऊँगा, अब नहीं।"

मैंने विनोद को अपने पास सुला लिया—फिर कुछ देर बाद रोने लगा, किन्तु गनीमत थी कि भाई साहब पहर रात रहते ही बैलों को सानी-पानी देने के लिए उठ गए थे!

सुबह होते ही बीनू भाभी के कमरे की ओर दौड़ा, "अम्माँ अम्माँ! तुम आ गईं।" इस कमरे से उस कमरे में गया, उस कमरे से उस कमरे में, फिर उदास होकर आँगन के एक कोने में बैठ गया। आँखों से आँसू झर रहे थे।

मैं उसे इस हालत में देखकर सहम गया, जहाँ का तहाँ खड़ा रहा। छत पर शरद की धूप उतर आई थी, एक गौरैया अपने बच्चे को चारा खिला रही थी।

"चल भइया, हाथ-मुँह धो ले और दूध पी ले।" चम्पा पास आकर बोली।

"मैं नहीं हाथ-मुँह धोऊँगा, मैं नहीं दूध पीऊँगा, मैं अम्माँ के पास जाऊँगा, पहुँचा दो मुझे।"

मैं बीनू को गोद में लेने के लिए लपका, वह छटपटाकर अलग हो गया।

वह उसी जिद के साथ कहता रहा, "मैं अम्माँ के पास जाऊँगा। वह आती है, भाग जाती है, अब मैं भी उसके पास जाऊँगा। देखूँ, कैसे भागती है!"

"अम्माँ कहाँ आती है बेटा?"

"यहीं आती है, रोज रात को आती है सफेद साड़ी पहने हुए। जब मैं उसे पकड़ने जाता हूँ तो भाग जाती है। अब मुझी को उसके पास ले चलो न!"

"बेटा! वे बहुत दूर गई हैं। तुम वहाँ नहीं पहुँच पाओगे, थक जाओगे, बच्चे हो न! वे खुद एक दिन आ जाएँगी।"

"आती तो रोज रात को है मगर भाग जाती हैं।"

"तुम रात को रोते हो, इसलिए भाग जाती है।"

"मैं रोता नहीं चाचा, रोना अपने आप आ जाता है, मैं क्या करूँ?"

"क्यों रोना आ जाता है?"

"चाचा, मैं देखता हूँ कि अम्माँ आई है खूब सफेद कपड़े पहने हुए। उसका मुँह भी बहुत महीन कपड़े से ढका हुआ है। मुझसे दूर बैठी हुई मुझे निहारती रहती है। पता नहीं क्यों मेरे पास नहीं आती? अब मुझे प्यार नहीं करती? बैठी-बैठी रोती है, कुछ खाने को नहीं देती। और जब मैं अम्माँ-अम्माँ पुकारता हुआ उसकी ओर दौड़ता हूँ तो वह आँगन से उड़ जाती है और मेरा सिर भीत से टकरा जाता है। मैं समझता हूँ कि माँ मेरी बदमाशियों से नाराज होकर मुझसे दूर भाग रही है। मैं पुकारता हूँ, अब नहीं अम्माँ, अब नहीं बदमाशी करूँगा। मगर अम्माँ नहीं सुनती है, उड़ जाती है, मैं देखता रहता हूँ कि वह दूर-दूर चमकते तारों में जाकर मिल गई है मैं रोता सा आँगन में खड़ा रहता हूँ...।"

मुझे रात को बीनू के रोने का कारण समझ में आ गया। मन अद्भुत करुणा से भारी हो गया। उसे गोद में उठाया, "मेरे बड़े अच्छे मुन्ने, चलो हाथ-मुँह धो लो, दूध पी लो, जब अम्माँ सुनेगी कि तुम अच्छे लड़के हो गए हो, दूध लेते हो तो जल्दी आएगी।"

बीनू कुछ बोला नहीं, जैसे उसे हम सबकी बातों पर अविश्वास हो रहा था, फिर भी एक...अज्ञात आशा चमकी होगी मन में, तभी तो वह मेरी बाँहों में धीरे से खिंच आया।

"ऐसे नहीं, अम्माँ ऐसे मुँह धोती थी। इतने बड़े हुए, मुँह भी धोना नहीं आया चाचा!" और वह स्वयं वैसे धोने लगा, जैसा अम्माँ धोती थी।

विनोद को लेकर घूमने निकल गया। शरद की धूप कटते हुए खेतों और भरते हुए खलिहानों की फसलों पर फैल गई थी। पानी से भरे गड्ढों से एक अजब सी गन्ध आ रही थी। मुझे लगा कि मेरा मन भी एक बड़ा सा आकाश है, जिसमें उदास धूप फैली हुई है और रह-रहकर एक चील टिहा उठती है। अपने बचपन का एक प्रसंग याद आ रहा था। माँ मामा के साथ मायके जा रही है। मैं अँधेरे में बाँहों से आँखें घेरकर झर-झर-झर-झर रो रहा हूँ। दस साल का हूँ फिर भी मोह से भरकर हृदय उमड़-उमड़ आ रहा है। माँ लौटकर देखती है कि मेरा चेहरा सूख गया है, हड्डियाँ निकल आई हैं, आँखें धँस गई हैं, माँ बैठी रो रही है—माँ, कितना दर्द भरा शब्द है यह! और यह चार साल का विनोद, जिसकी माँ हमेशा के लिए छिन गई—और—और आगे सोचना नहीं हो पाता। विनोद को लिये हुए लौट आता हूँ।

"चाचा।"

"हाँ बेटा।"

"मेरी माँ थी न, बड़ी अच्छी थी। हाँ, बड़ी अच्छी थी। लेकिन पता नहीं क्यों छोड़कर चली गई!"

मैं चुप था।

"चाचा, अम्माँ मुझे कभी अकेला नहीं छोड़ती थी, मगर इस बार क्यों अकेला छोड़ गई? मुझसे कहा भी नहीं कि गंगा नहाने जा रही हूँ। यह भी नहीं कहा कि कब आएगी। जब मैं उसके साथ जाने लगा तो गाँव के कई लोगों ने मुझे पकड़ लिया। मैं बहुत रोया, लेकिन किसी ने जाने नहीं दिया अम्माँ के साथ। कितने बुरे लोग हैं, जो बेटे को अम्माँ के साथ नहीं जाने देते।"

"हाँ बेटा।"

दोपहर को खा-पीकर एक मित्र से मिलने चला गया। घर लौटा तो देखा बीनू भाभी के घर में बैठा हुआ सिसक रहा है। उसके आगे भाभी की फोटो है। मैं धीमे से वहाँ से सरक आया...। रो लेने दो, हल्का हो जाएगा।

कुछ देर बाद लौटा तो देखा विनोद फोटो को छाती से चिपकाए कमरे के अस्त-व्यस्त सामानों पर सो गया है। मुँह पर आँसुओं की लकीरें

सूख गई हैं। चम्पा रोटी बना रही थी। मैंने कहा, "बेटा चम्पा, अब तू ही इसकी माँ है, बहन है, खयाल रखा कर इसका।"

चम्पा भरभराकर रो पड़ी जैसे बहुत देर से रुका हुआ बाँध टूट गया हो। बहुत देर तक हुचक-हुचक रोती रही और रोटियाँ सेंकती रही! कुछ देर बाद बोली, "बहुत सताता है यह, ऐसी बातें करता है कि धीरज छूट जाता है, छाती फट जाती है..."

आगे बढ़कर मैंने बीनू को गोद में उठा लिया। ओह! इसकी देह तो गरम है तवे की तरह। "चम्पा जरा बिस्तर ठीक करना बेटा, इसे बुखार है।"

विनोद को चारपाई पर सुला दिया। वह बुखार की बेहोशी में बर्राने लगा—"अम्माँ कहाँ हो। बुला लो...आओ..."

शाम को भाई साहब आए, माथा पकड़कर बैठ गए। "सुधीर, कुछ समझ में नहीं आता क्या करूँ? घर में कोई औरत होती तो थोड़ा-बहुत सँभालती भी...बेचारी चम्पा...खुद ही बच्ची है, क्या-क्या करे...मेरे प्यारे बच्चे, अभागे बच्चे!"

भइया रोने लगे। मैं चुप रहा। कुछ देर बाद बोला, "भइया, जो आ पड़ा है झेलना ही होगा। आप भी अपने को कुछ बाहर से समेटकर बीनू में केन्द्रित कीजिए और...और कुछ दिनों के लिए बहन को बुला लीजिए।"

"बुलाया था भाई, लेकिन वह आने की स्थिति में नहीं है। लोग तरह-तरह के इशारे भी करने लगे हैं? सुधू, कितने गन्दे हैं लोग कि उसे मरे हुए महीना भर भी नहीं हुआ कि शादी के इशारे करने लगे हैं। नहीं, यह नहीं होगा। मैं बीनू के लिए विमाता नहीं लाऊँगा, कुछ करूँगा, करूँगा कुछ, मगर यह नहीं...नहीं।" लगा, जैसे भइया किसी तेज भँवर में पड़ गए हों।

मेरे पास कुछ दवाएँ थीं, बीनू को खिलाईं। दूसरे दिन उसका बुखार उतर गया। होश आते ही पूछा, "चाचा! माँ आ गई?"

तीसरे दिन शाम को नौकरी पर लौटने लगा। भाई साहब सख्त चेहरे पर आँसुओं का तनाव लिये खड़े थे। चम्पा मुँह फेरकर हबस रही थी। बीनू...बीनू कहीं खेलने निकल गया था। नहीं, उसे मत बुलाओ, खेलने दो, उसे खेलने देना चाहिए। एक और चेहरा इस विदा के साथ जुड़ा

हुआ है, वह आज नहीं है। लौट रहा हूँ एक बोझ लेकर, एक खाली घर लेकर...

गाँव के बाहर निकला तो देखकर स्तब्ध रह गया। बीनू उसी आम के पेड़ के नीचे पश्चिम की ओर मुँह किए खड़ा था एक अनन्त प्रतीक्षा में...

उसके पास जाने की हिम्मत नहीं हुई। मैंने दूसरा रास्ता पकड़ा। दूर तक मुड़-मुड़कर देखता रहा, बीनू उसी प्रकार खड़ा था...

पिता-पुत्री

पट्टीदार लोग बार-बार शिवनाथ जी से कहते थे कि राधा बेटी सयानी हो गई है इसका विवाह हो जाना चाहिए। शिवनाथ जी सुनते थे और सिर हिलाकर उनकी बात का समर्थन करते थे। वे गूँगे थे अतः इशारों में गूँगी भाषा मिलाकर अपने मन की बात कहने का प्रयत्न करते थे। राधा ने एक दिन अपने विवाह के सम्बन्ध में पट्टीदार हरिहर और पिता की बात सुन ली, तो जब अकेली हुई तो पिता से लिपटकर रोने लगी। अहक-अहक कर कहने लगी, "मैं विवाह नहीं करूँगी। आपको छोड़कर मैं कहीं नहीं जाऊँगी।"

शिवनाथ रोने लगे। दोनों एक-दूसरे से लिपटकर रोए जा रहे थे। राधा बीच-बीच में कह उठती थी, "मैं विवाह नहीं करूँगी।"

हरिहर जी वहाँ आए तो बहुत प्यार से बोले, "बेटी, लड़कियों को तो ससुराल जाना ही होता है।"

"होता होगा, लेकिन मैं नहीं जाऊँगी। मैं चली गई तो बाबूजी अकेले पड़ जाएँगे। मेरे सिवा कौन है इनकी देखभाल करने वाला? हम दोनों को असहाय छोड़कर माँ वर्षों पहले स्वर्ग सिधार गई। बाबूजी की बात मेरे सिवा कोई समझने वाला नहीं है। मैं नहीं रहूँगी तो इन्हें भोजन कौन देगा, बर-बीमारी में इनकी देखभाल कौन करेगा? नहीं, नहीं, मैं शादी नहीं करूँगी।"

शिवनाथ जी हँसकर रह गए। वैसे वे गूँगे जरूर थे किन्तु बहुत सुन्दर काया के स्वामी थे। संवेदनशील इतने कि पास-पड़ोस में कोई भी मुसीबत आती थी तो सहायता करने पहुँच जाते थे। पास-पड़ोस के बच्चों को बहुत प्यार करते थे, उन्हें हँसी में नहलाते रहते थे। वे गूँगे अवश्य थे किन्तु उनकी आँखें बोलती रहती थीं। राधा को भी पिता की संवेदनशीलता और सौन्दर्य प्राप्त था। वह गाँव की प्यारी बेटी थी। हाँ, पट्टीदार हरिहर और उनके अनुज कुबेरनाथ के मन में कुटिल भाव तैरता रहता था, किन्तु दिखावे के तौर पर इनके प्रति प्रसन्नता व्यक्त करते रहते थे।

राधा तो पिता से अलग होने की कल्पना से काँप जाती थी। वह सोचती थी कि यदि उसे विवाह करना पड़ ही गया तो बाबूजी का क्या होगा? वह तो ससुराल में बाबूजी की यादों में खोई रहेगी और उसके भीतर जागता रहेगा यहाँ का परिवेश! वहाँ तो वह एक घर में बन्द हो जाएगी। यहाँ तो वह मुक्त पंछी की तरह घर से लेकर खेतों तक उड़ा करती है। बरसात में धान और मक्के की उमड़ती फसलों को देखती है तो लगता है धरती रसमयी उमंग बन गई है और माघ-फागुन के महीनों का क्या कहना? हवा खुशबुओं से भर जाती है। गेहूँ की फसल अपनी पूरी उमंग में होती है। सरसों, तीसी मटर के रंग-बिरंगे फूलों की आभा अपने ऊपर के आकाश को रंग रही होती है। लगता है वह घंटों वहाँ बैठकर उन्हें निहारा करे, किन्तु घर लौटना ही होता है। गाँव के पास जो एक छोटी सी नदी बहती है उसके किनारे भी उसका अपना खेत है। खेत में जाती है तो नदी अपने पास बुला लेती है। दोनों मौन बैठे रहते हैं किन्तु लगता है आपस में बातें कर रहे हैं। वह क्या-क्या याद करे। सखियों के साथ तर-त्योहारों का जो आनन्द है उसे क्या नाम दिया जाए? विवाह के बाद बाबूजी के साथ-साथ ये सब भी छूट जाएँगे। वह इन सोचों में बहती-बहती कह उठती थी, "नहीं, ससुराल नहीं जाऊँगी।"

शिवनाथ जी सोचते थे, 'राधा सयानी हो गई है। मेरा क्या भरोसा, आज हूँ कल नहीं रहूँ। यह जिद कर रही है कि शादी नहीं करेगी। उसे मेरी चिन्ता है, मुझे उसकी चिन्ता है। भगवान न करे कि मेरे साथ ज़ल्दी ही कुछ अनहोनी हो जाए। लड़की की जाति अपने गाँव में कैसे अकेली

जिन्दगी बिताएगी? आज तो सब लोग अपनापन दिखाते हैं, कल कोई साथ नहीं होगा। हाँ, लफंगे ज़रूर आसपास चक्कर काटते दिखाई पड़ेंगे। नहीं, नहीं, अब राधा की एक नहीं सुनूँगा। शीघ्र ही उसकी शादी का प्रबन्ध करूँगा।'

एक दिन शिवनाथ जी इसी चिन्ता में पड़े थे कि उनके साले दिनेश आ गए। दिनेश मुम्बई के एक स्कूल में शिक्षक हैं। कई-कई साल बाद अपने गाँव आते हैं। इस बार आए तो उन्हें अपनी बहन की याद सताने लगी। वह तो रही नहीं, पर लगा जैसे अपनी भानजी राधा उन्हें पुकार रही है। एक दिन बहन के घर पहुँच गए। उन्हें देखकर शिवनाथ जी आश्चर्य-मिश्रित आनन्द से भर गए। राधा रसोईघर में कुछ बना रही थी, शिवनाथ ने अपनी भाषा में राधा को आवाज दी। राधा आई। कुछ पल दिनेश को देखती रही, फिर खुशी से चिल्ला उठी, "मामा जी!" और दौड़कर उनसे लिपट गई। दिनेश भानजी को प्यार से थपथपाते रहे और उनकी आँखों में बहन की याद आँसू बनकर तिरती रही।

खाना खाकर जब दिनेश जी और शिवनाथ जी बरामदे में बैठे तो पट्टीदार हरिहर भी आ गए। दिनेश जी ने बातों-बातों में बात उठाई, "पहुना, राधा अब काफी बड़ी हो गई है। उसके विवाह के बारे में सोचना चाहिए।"

हरिहर बोल पड़े, "यही बात तो मैं कबसे कहता आ रहा हूँ किन्तु शिवनाथ भाई ने चुप्पी साध रखी है।"

शिवनाथ जी रो पड़े। राधा घर के अन्दर से सुन रही थी। एकाएक सामने आ गई और बोली, "बाबूजी ने चुप्पी नहीं लगाई है, मैंने लगाई है! मैं बाबूजी को अकेला छोड़कर कहीं नहीं जाऊँगी। यदि जाना हो भी तो पता नहीं, कैसे घर जाना होगा। ससुराल में सताई जाती हुई लड़कियों की कथा सुनकर मैं काँप उठती हूँ। दहेज का राक्षस तो हम दोनों को बरबाद कर देगा।"

दिनेश मामा मुस्करा पड़े। हरिहर बोले, "बेटी राधा, शिवनाथ भाई अकेले कैसे पड़ेंगे। हम लोग किस काम आएँगे? वह हमारे हैं, हम उनके हैं। तुम्हारे ससुराल जाने पर हम उन्हें अकेला होने नहीं देंगे।"

राधा मिडिल पास लड़की थी। वह दुनिया को कुछ बेहतर ढंग से समझती थी। वह हरिहर काका के आश्वासन पर व्यंग्य से मुस्करा पड़ी।

दिनेश मामा ने कहा, "बेटे, यह तो सही है कि तुम शादी करके अपने बाबूजी को अकेला नहीं छोड़ना चाहती, किन्तु बाबूजी के बाद जब तुम अकेली हो जाओगी तब तुम्हारे दिन कैसे कटेंगे? और बात रही ससुराल के अच्छी-बुरी होने की, तो मैं तुझे एक बहुत अच्छी ससुराल भेजना चाहता हूँ। मेरे साथ काम करने वाले एक सज्जन मेरे मित्र हैं। वे गोरखपुर शहर के रहने वाले हैं यानी तुम्हारे गाँव के पास के शहर में। मैं दो-एक बार उनके घर गया हूँ। पूरा परिवार मुझे सज्जनता की मूर्ति लगा। मित्र तो अत्यंत सज्जन हैं ही। उनका लड़का गोपाल बी.ए. पास करके गोरखपुर के ही एक कॉलेज में क्लर्क लगा है। उन्होंने एक दिन मुझसे कहा कि गोपाल की शादी करना चाहता हूँ। है कोई अच्छी-सी लड़की तुम्हारी जानकारी में? मैंने तुम्हारी शिक्षा और गुन-ढंग का बखान किया तो वे बहुत प्रसन्न हो उठे। दान-दहेज के बारे में मैंने पूछा तो वे बोले, दान-दहेज को मैं सामाजिक अत्याचार मानता हूँ। मुझे तो बस अच्छी लड़की चाहिए।"

राधा चुपचाप सुन रही थी और जब अकेले में उससे मामा जी ने पूछा तो वह चुप रही। दिनेश जी समझ गए कि राधा सहमत हो गई है। उन्होंने जब शिवनाथ जी को यह समाचार सुनाया तो वे इतने खुश हुए कि मानो उनकी छाती पर से कोई बड़ा पत्थर खिसककर अलग हो गया हो।

राधा की शादी तय हो गई, किन्तु राधा और शिवनाथ एक-दूसरे से अलग होने की बात सोचकर मन-ही-मन रो रहे थे। खैर, शादी होनी थी हो गई। पट्टीदार हरिहर और कुबेरनाथ बहुत प्रसन्न हुए और गाँव वालों को अपनी इतनी प्यारी बेटी के विवाह से प्रसन्न होना ही था।

राधा के पति गोपाल वास्तव में बहुत विवेकशील और संवेदनशील व्यक्ति थे। राधा को शिवनाथ जी बहुत याद आते थे। गोपाल को भी अपने श्वसुर का अकेलापन बहुत चिन्तित कर देता था अतः छुट्टी के दिनों में दोनों प्रायः शिवनाथ जी से मिलने आ जाते थे। उन्हें लगता था कि वास्तव में शिवनाथ जी अकेले हो गए हैं। हाँ, खेती-बारी के काम

में उनके हलवाहे साथ लगे होते थे। हरिहर ने पटवारी को पैसे खिलाकर चुपचाप एक कागज पर राधा का नकली हस्ताक्षर अंकित करवा दिया था और इबारत लिखवा दी थी कि पिताजी के मरने के बाद सारी जायदाद मेरे चाचा हरिहर और कुबेरनाथ जी को दे दी जाए। हरिहर इतनी कृपा करते थे कि त्योहार के दिन विशेष भोजन शिवनाथ जी को दे आते थे। रोज तो शिवनाथ जी स्वयं कच्ची-पक्की बना लेते थे।

उस दिन कोई त्योहार था। हरिहर और कुबेरनाथ रात को आठ बजे खाना लेकर शिवनाथ जी के यहाँ पहुँचे। शिवनाथ जी खाट पर अकेले बैठे हुए थे। एकाएक दोनों भाइयों ने उन्हें खाट पर गिरा दिया और लाठी से उनकी गर्दन दबाने लगे। श्रीनाथ जी चिल्ला तो सकते नहीं थे, छटपटाते रहे फिर शान्त हो गए। दोनों भाई चुपचाप घर चले आए। सुबह नाश्ता लेकर शिवनाथ जी के यहाँ पहुँचे और घबराहट का अभिनय करते हुए चिल्लाने लगे, "अरे भाइयो, शिवनाथ जी नहीं रहे। पता नहीं उन्हें क्या हो गया?"

गाँव के लोग जुट आए और एक आदमी को साइकिल से राधा के यहाँ दौड़ा दिया गया। शव लिटा दिया गया था। कफ़न से शरीर ढक दिया गया था और प्रतीक्षा थी राधा की। वह आए तो शव-यात्रा शुरू हो। तिजहर होते-होते राधा और गोपाल यहाँ आ गए। राधा पिता के चेहरे पर से कफन हटाकर उनका मुँह निहारने लगी। गोपाल भी निहारने लगे। हरिहर रो-रो कर सबको सुना रहे थे, "पता नहीं शिवनाथ भाई को एकाएक क्या हो गया? मैंने कल देखा था कि शिवनाथ भाई बार-बार घर से बाहर जा रहे हैं। बाहर से भीतर जा रहे हैं। मैंने उनसे पूछा कि कोई विशेष परेशानी है क्या? उन्होंने हाथ हिलाकर मना कर दिया। रात के आठ बजे के आसपास त्योहारी भोजन लेकर उनके पास गया तो देखा कि वे कुछ अनमन से खाट पर लेटे हुए थे। उन्होंने इशारों में ही कहा कि खाना रख जाइए, बाद में खा लूँगा। मैं चला आया। सुबह जब मैं नाश्ता लेकर गया तो देखा वे खाट के नीचे गिरे पड़े हैं। नाक से खून बहा है। मैं समझ गया कि वे नहीं रहे। शायद उन्हें दिल का दौरा पड़ा था।"

"झूठ है," गोपाल जी चिल्ला उठे। "इनके गर्दन में निशान पड़े हैं। लगता है इनकी गर्दन किसी चीज से दबाकर इन्हें मारा गया है।"

वहाँ उपस्थित लोगों ने भी देखा। गोपाल ने कहा, "पहले पुलिस आएगी, देखेगी तब शवदाह होगा।"

पुलिस आई। उसने तहकीकात की। उसने हरिहर और कुबेरनाथ से गहरी पूछताछ की। आखिर में मृत्यु का राज खुला और पुलिस दोनों भाइयों को पकड़कर ले गई। राधा देर तक शव से लिपटकर रोती रही। गाँव वालों के बहुत समझाने पर उसने शव-यात्रा प्रारम्भ करने दी। घर में और राधा के मन में एक विराट सूनापन फैल गया था।

✪✪✪